A duquesa e o céu

Do autor

A luz no caleidoscópio
Topbooks, 1998

Sergio Lemos

A duquesa e o céu

Romance

EDITORA RECORD
RIO DE JANEIRO • SÃO PAULO

2000

CIP-Brasil. Catalogação-na-fonte
Sindicato Nacional dos Editores de Livros, RJ.

L579d Lemos, Sergio, 1935-1998
A duquesa e o céu / Sergio Lemos – Rio de Janeiro: Record, 2000.

ISBN 85-01-05698-7

1. Romance brasileiro. I. Título.

00-1072
CDD – 869.93
CDU – 869.0(81)-3

Copyright © 2000 by Maya Suemi Lemos

Capa: Lola Vaz

Direitos exclusivos desta edição reservados pela
DISTRIBUIDORA RECORD DE SERVIÇOS DE IMPRENSA S.A.
Rua Argentina 171 – Rio de Janeiro, RJ – 20921-380 – Tel.: 585-2000

Impresso no Brasil

ISBN 85-01-05698-7

PEDIDOS PELO REEMBOLSO POSTAL
Caixa Postal 23.052
Rio de Janeiro, RJ – 20922-970

EDITORA AFILIADA

Dedicatória

ao meu psicanalista

Estimado dr. Pateta.

Esta é a história de minhas várias almas. Isto mesmo: "de minhas várias almas". Revire tudo, interprete como quiser — caso sua preguiça o permita. Se não pescou nada durante um ano de paulificante análise, não é agora que vai entender. Da minha parte, o essencial já percebi: a chave de todos os enigmas não está no que foi, mas no que podia ter sido e, por isto mesmo, pode vir a ser. Devia ser óbvio para o Sr., mas não é.

Ah, outra coisa: deixo sem pagar o último mês de análise. Não posso, é um desaforo, não ganho tanto assim. Prefiro desistir e, como o Sr. mesmo diz: "caminhar com minhas próprias pernas"— que, pelo menos, são mais bonitas que as suas.

Atenciosamente,

O AUTOR.

Sumário

I

ONDE AFIRMO TER NASCIDO MINHA ALMA COMO
AS FLORES. APRESENTA-SE O POVOADO,
ENTRE MAMOEIROS E PAPAGAIOS   13

II

COMO SE SUCEDERAM NO POVOADO
VÁRIAS IMPORTANTES CHEGADAS,
INICIANDO-SE PELA DE CERTO MOURO, LOURO   17

III

TERCEIRA CHEGADA: A DUQUESA. MINUCIOSA DESCRIÇÃO
DESTE DESEMBARQUE. POR QUE MODO SE ATENDIA
À HIGIENE ÍNTIMA DE UMA FIDALGA   23

IV

O GRANDE BOATO. INSINUAÇÕES COM RESPEITO
A ADOLESCENTES   29

V

TERRÍVEIS PRESSÁGIOS. CONSIDERAÇÕES SOBRE A
INTERPRETAÇÃO DOS SONHOS, SUGERINDO-SE QUE SONHAR
COM DENTE TALVEZ NÃO INDIQUE MORTE DE PARENTE. AS
MORDIDAS DIVINAS   33

VI

ONDE SE PROCEDE À ANÁLISE PSICOLÓGICA DOS HOMENS DO
POVOADO E SE EXPÕEM SUAS ATRIBULAÇÕES EM SITUAÇÃO NOVA.
OS PEZINHOS DAS CRIANÇAS   37

VII

DESCRIÇÃO DE UMA FUGA PARA AS MONTANHAS. GRITOS E
CORRIDINHAS. A INCRÍVEL BELEZA DA FUGA,
E SUAS CONSEQÜÊNCIAS   41

VIII

AQUI SE MENCIONA INTERESSANTÍSSIMO FENÔMENO GENÉTICO,
BEM COMO FORMIGAS MARIQUITINHAS: COISAS FRÁGEIS,
SUBTERRÂNEAS...   47

IX

OS HOMENS   49

X

REGRESSO AO LAR. NOVAS CONSIDERAÇÕES SOBRE OS HOMENS,
E AS MULHERES TAMBÉM. NENHUMA LUXÚRIA EM
BERÇOS INFANTIS   51

XI

A GRANDE TRAGÉDIA. ONDE SE MISTURAM DRAGÕES E
MOSCAS VAREJEIRAS ÀS MAIS FINAS IGUARIAS,
EM PORTENTOSO EPISÓDIO DE FÉ   55

XII

COMO SE REALIZAM OS PLANOS DE DEUS, E A IMPORTÂNCIA DO
ESTUDO DO LATIM NAS ESCOLAS   57

XIII

INTERESSANTE COMPARAÇÃO ENTRE PIRATAS E BICHINHOS
INVISÍVEIS, MINÚSCULOS MESMO,
COM VANTAGEM PARA ESTES ÚLTIMOS   61

XIV

TERMINA A COMPARAÇÃO, E PASSA-SE À DESCRIÇÃO DE UM
INCÊNDIO, SENDO ESTE O CAPÍTULO MAIS IMPORTANTE DO
LIVRO, CHEIO DE FILOSOFIA, E INDISPENSÁVEL PARA A
COMPREENSÃO DO UNIVERSO E DA VIDA EM GERAL   65

XV

INSISTE-SE NO RETRATO PSICOLÓGICO DOS COLONIZADORES.
MÉTODOS INDÍGENAS DE IDENTIFICAÇÃO DO CARÁTER.
PARTICULARIDADES DIALETAIS ENTRE OS ILHÉUS 69

XVI

COMEÇA A DESCRIÇÃO DO CÉU 73

XVII

CONTINUA-SE A DESCREVER O CÉU 79

XVIII

OS GESTOS DO CÉU 81

XIX

APOLÔNIA 85

XX

CONTA-SE QUEM ERA A DUQUESA 87

XXI

COM SONHOS, NÃO COM SOPA SE ATRAEM OS MANCEBOS.
CONSIDERAÇÕES SOBRE OS MOÇOS E SEU OCO CEREBRAL,
O ORGASMO QUE PROCURAM, DO TAMANHO DA MORTE 93

XXII

FALA-SE DE VIOLETAS, DOURADOS E CARMESINS. ENGANOS DA INOCÊNCIA. O CONHECIMENTO DA MORTE 97

XXIII

COMO SE MANIFESTA, NAS HERÓICAS MULHERES, A INDIGNAÇÃO MORAL 101

XXIV

A QUESTÃO DOS JUDEUS. MAIS LENHA NA FOGUEIRA 105

XXV

PLANOS E IDÉIAS DE UMA FORTE DONZELA. VOLTA-SE AO BRASIL 111

XXVI

CERIMÔNIAS, CERIMÔNIAS, E DESPAUTÉRIOS 117

XXVII

APRESENTA-SE O VELHO. PESADELO COM NÁDEGAS E PAPAGAIOS 125

XXVIII

MAIS NÁDEGAS. *ET COETERA* 135

XXIX

A GRANDE SURPRESA 143

XXX

TRAJES   149

XXXI

O FIM   157

XXXII

CRIME E CASTIGO   165

XXXIII

ÚLTIMO CAPÍTULO. JUSTIFICA-SE A PROVIDÊNCIA DIVINA   169

I

ONDE AFIRMO TER NASCIDO MINHA ALMA COMO AS FLORES. APRESENTA-SE O POVOADO, ENTRE MAMOEIROS E PAPAGAIOS

Nasceu minha primeira alma em maio, como nascem as flores no Reino, e isto era nos anos de 600, que bem longe vão. Alma primeira, digo eu, das que por esta terra do Brasil andaram e penaram, quantas minhas almas não hão de ser mais remotas, no século e na geografia...

Porque elas se equivalem, ligam-se por estranhos laços, de um misterioso parentesco — e havia de certificar-vos não ser esta aquela, ou aquela esta, se até chegam a esconder-se umas dentro das outras?

Mas a alma de mil e seiscentos e poucochinho, no meu sentimento está bem clara, tendo florescido, penso, naquela aldeia de São Sebastião, ou, a dizer-vos bem, pelas areias próximas, já que o povoado mesmo em que habitou não existe mais. Ou seria ali São Vicente, Paranaguá, tão bom porto, ou a extremada Laguna? Acodem-me estes nomes, porque um tanto de praiano neles há, e lembram-me o arruado de casinhas baixas plantadas no chão de areia, e um povoado era esse como que fora do tempo, e novo em folha, entre mamoeiros e papagaios. Enquanto falando vou, já se me representa o céu daquelas eras, ao alcance da mão, quase tão baixo quanto os telhados, pois sempre assim se dava ver, e meio cinzento, meio frio.

Bem asseada, uma gente limpa, esta dali, e chegava de algum lugar limpo no meio do oceano, ilhas onde a peste e a sífilis não tinham firmado raízes. Por isto era limpa, e também livre perseverava, faltando lá tais sesmarias "do tamanho de reinos", como já por toda parte se instalavam, onde terra houvesse, e eram prêmio que se dava aos mais ricos, mais crus, mais violentos corredores da crapulosa aventura colonial.

Então, ainda livres e iguais mostravam-se todos neste povoado, que chamamos já desde agora Povoado, o Povoado, assim com P grande, e sabereis qual povoado é. (Não nos ocorre melhor coisa. Bem pudéramos um qualquer nome vos avançar: Santa Senhorinha, Gertrudes, Elesbão, ou outros, mais de encontrar-se entre nomes de povoados, Santa Cruz, Rio daquilo ou disto. E tudo sem proveito, por tolo costume, somente, o que havíamos de fazer: que vos serviria um nome ou outro que nada vos dizem? Diferente coisa se, muito de intenção, vos batizasse (digamos) este povoado como Solidões, ou Lá-Não-Fico, Vai-Quem-Quer, que bem achados nomes haviam de ser, mas não vos aprazeriam, por muito descarados. Fica "o Povoado" sendo.)

Só bem simples lavradores ali no Povoado se viam, por então, mas lavradores de lavrar suas canas em pequeninhos lotes, e com pequenos zelos, minúcias, carinhos que se dão somente a plantas raras. E achavam-se ainda uvas e pêssegos, cidras, nos seus pomares, perfeitamente iguais aos que no Reino se fazem, qual se de ares do Reino vivessem e, neles forças tomando, deram seus frutos.

Já vos direi, eram tais ilhéus geração de flamengos, em avantajada parte, e bem parecidos. De longe vinham, para plantar seus lotes, não para aventuras. Para plantar, fazer com as mãos, vender, não para dar-se escravos, varando os matos, e da faina diária dispensar-se. Não, para folgar não vinham. Para lavrar, e obedecer; não para conquistas e mandos. E viam-se, já, nas ilhas, a labutar entre cristãos, em calmos sonhos onde não entravam calores, amores tórridos, nem gentios, nem negro algum, nem venenosos trópicos, mutucas, carapanãs. Pois vinham como pobres, não como poderosos, como trabalhadores vinham, não como senhores. E como sitiantes — não como sesmeiros. Para viver, não para enricar. Para casamentos, não para mancebias. Para festas, não para orgias. Nem poligamias. Nem anemias. Não coisas mórbidas, mas sadias. Nem outras crenças e etnias. Vieram, ora... para o que nunca existiria, nem no Povoado nem em parte alguma da Colônia.

Mais ainda vos direi: que na própria casa faziam o vinho, alguma baixela humilde possuíam, e colcha adamascada no baú do casório. E vinha a ser tal baú peça arrumada e orgulhosa, bem que orgulhosa por nenhuma razão, sendo ao pé de humildes esteiras — seus leitos — que todo este orgulho se ostentava, e, fora a colcha adamascada, nada mais guardava de bom nem precioso, este baú.

E o gentio? Não precisavam de mais braços os casais que os seus próprios, para tão cuidada lavoura, e os das crianças, pelo que o bom alvitre tomaram de fechar-se atrás de paliçadas muito fortes, e esquecer o gentio.

De início fora, pois, assim, e bem o Paraíso fora. Mas logo mangas da Índia, e maracujás, que da terra mesmo eram, haviam de entrar pelos pomares que de além-mar pareciam. E gente graúda do Reino também o Povoado invadia, emprestando e cobrando, juntando índios bêbedos — pobres, tresmalhados carijós — para que aos devedores perseguissem.

Sós, sem mulher, vieram chovendo degredados — e era então um ligar-se com índias soltas, seduzir esposas, desfazer casais. Pelos matos entrava-se, roubando, assassinando — até antigos ilhéus, fundadores do Povoado, arruinavam-se, família deixavam, tomavam índias e entravam cheios de cobiça pelo sertão.

Antes que se consumaram tais mudanças foi que minha alma nasceu, naquele Paraíso flamengo, breve intervalo entre o fim da noite gentia — *quem dixere Chaos* — e o começo infernal da Colônia. Como que um limbo branco foi este tempo ali, por isto é branca minha alma, ingênua e temerosa, e esconde-se atrás de fortes paliçadas. Por isto, apenas; e é motivo tão bom quanto qualquer outro dos que a filosofia aponta, e que remetem sempre a outros motivos e, afinal, à totalidade dos motivos do mundo — deixando-nos na mesma. Ora deviam filosofar estes filósofos que os motivos podem não vir antes dos efeitos, mas depois.

E também pode ser, esta alma, diz a razão filosofante, certa mistura de *ser-não-ser*, e *ó-será-quem-sabe?* e *de-certo-modo-sou-e-fui-se-o-penso-e-quero-ser* e, sobretudo, *sou, de qualquer forma, os que foram.*

Que entendais ou não, pouco se nos dá, diz o filósofo — como, de resto, está a lixar-se todo mundo para a razão filosofante. Chamemos, apenas, esta alma arcaica, para que baixe em nós, amém, vinde, falemos sua linguagem.

II

COMO SE SUCEDERAM NO POVOADO VÁRIAS IMPORTANTES CHEGADAS, INICIANDO-SE PELA DE CERTO MOURO, LOURO

E foi um dia chegaram degredados, numa leva de quatro, e era um aquele a quem chamavam Moiro (ou Mouro) Loiro (ou Louro: indecisa é assim esta nossa língua dos portugueses!). E mouro (ou moiro) por certo vinha a ser, já que no Marrocos nascera, filho de moura (moira) com — pasmai! — el-Rei d. Sebastião.

Espantoso fato é este, e não só a nós tem assombrado, senão a quantos naquele século viviam, não podendo el-Rei ligar-se a mouras, nem a não-mouras, sendo por voto donzel, e tendo no voto perseverado até finar-se.

Incerto é tudo sob o céu — diz o sábio — e vedes que nem a mais sólida fama a esta lei escapa, se ousava alguém meter em dúvida tão alta e celebrada virgindade.

Fosse qual fosse a verdade deste caso, ao louro mouro (pois loiro ou bem ruço se mostrava, qual realmente fora el-Rei) por toda parte o perseguiam no Marrocos, visto não ser mouro inteiro e indubitável, como é de exigir-se de mouros, já que normalmente o são.

Enfim, de sua terra fugiu tal criatura, não é para menos, e a Portugal se passou, onde o perseguiram por ser, indubitavelmente, mouro. E tanto mais o afligiam quanto se reputava, ainda que bastardo, filho e herdeiro de Sebastião. Pois sabeis vós, que sois sabidos leitores, e tanto lestes, que se finara el-Rei na marroquina areia, e sempre lendo e lendo, tereis lido que, com penoso esforço, se metera no trono de Portugal o rei de Espanha.

Torpe, torpe vitória desse Felipe, que a corações portugueses ofendia, mas não podiam dar-lhe remédio, e lá seguiam corações, e corpos, e fazendas, servindo a um indesejado rei (e tão pouco o queriam quanto ao outro, o finado, desejavam, e mesmo "Desejado" fora-lhe a alcunha).

Mas temerosos são sempre, por medrosa consciência, os usurpadores, nem menos havia de temer esse espanhol, e os que lhe foram auxílio para ter mão no Reino e nos portugueses. De temores tais costumam vir, naturalmente, castigos, e perseguições e homicídios em grande cópia, pelo que levam quaisquer usurpadores o destino e fama de homicidas, não se vendo como o não serem, pois em todos os parentes daquele destronado enxergam pretendentes, em cada capitão da nobreza, um impiedoso rival, e ameaças nos olhos dos seus próprios seguidores.

Bem estais a ver a que perigo se lançava o Mouro, descuidoso e inocente, passando-se a Portugal. E perguntareis em que mundo cuidava estar tal criatura, no seu íntimo pensamento, pois coisa de anjo ou infante parecia, andar acercado a precipícios, sem de nada dar-se conta.

Bem, a dizer verdade, pouco lhe importavam o pai e o rei de Espanha. Quando mais não fora, por não saber do pai, com certeza, nada. Pois até não chegavam a jurar-lhe, alguns, não ter sido o rei a fornicar com a marroquina, mas um mercenário espanhol de cabelos vermelhos? Fornicara este com o rei, em tempos idos, — daí a confusão.

São loucas histórias, essas, mas (cuidamos) bem apraz ao leitor continuá-las, pois muito louquinho parece, se nos lê. Continuamos, então. Em breve relato, sabereis tudo o que ficou oculto, e sucedeu ao mercenário.

Vendo-se preso, tal castelhano, em África, e por mouros guardado, veio a renegar-se de cristão, e desfazendo da lei de Nosso Senhor, boa e verdadeira, passou-se àquela, ruim e pérfida, de Mafoma. A quem os tomar quisesse, deixou a marroquina, sua consorte, e ainda a criança (o nosso Mouro, ou Moiro), tornando-se à vida de mercenário.

Dizer-vos tudo quanto fez como mercenário bem demasiado parece, pois coisas mercenárias eram, e não para edificação vossa, antes cruéis e insensatas. Sabei apenas que o marroquino deserto atravessou, ao pé do paxá Djuder (que, com inumeráveis vantagens, se pode também escrever "Jdr"), e dava-se isto na era de 1590. E lá além deste deserto foram apear de seu trono um remoto Askia Maomé — quer isto simplesmente dizer "rei Maomé", ou "Mafoma" — e tomaram-lhe o belo império, por apenas um caudaloso rio constituído, e onde multidões de negros vendiam incessantemente ouro, sal e o adstringente fruto do obi.

Veio a faltar sorte ao renegado, porquanto tinha o deposto Askia parentes distantes, e este tais ao mercenário aprisionaram, e para a cidade de Kukia já logo o haviam de levar, muito falada cidade, que sagrada lhes era e ficava a jusante do grande rio. Ali viu-se incorporado ao número das esposas do rei de Kukia, chegando-se a temer, depois dos primeiros dias de particular aflição, que acabasse este mercenário por engravidar.

Tendes aí o relato, e mais não sabemos, e era isto o que se contava, à noite, nas ruelas e casas de terra daquela aldeia onde o Mouro se criava.

E ele, o próprio Mouro, de tudo isto o que dizia? — insistireis. E responderei que nada. Não pensava nisto, como não pensava, o mais das vezes, em coisa alguma. Entretinha-se, isto sim, a fabricar pequenos instrumentos, tenazes, faquinhas de ferro, no que passava os dias e mostrava certo talento natural. Mergulhado em trabalhos tais, nem chegou nunca a perceber que o tinham por herdeiro, ou pretendente, de lá o que fosse, sendo que a nada jamais pretendera, quem diria a um trono, e a ser rei, possibilidade que se lhe escapava, impensável, e ia além, infinitamente além da fraca imaginação, ou, só de imaginar nela, havia de morrer, do temor e susto.

Deu-se que por isto, justamente, ao destino comum de outros pretendidos e falsos Sebastiões fora poupado, não se queimando vivo, nem morto, nem o levaram ao garrote vil. Contentaram-se com despachá-lo para a Colônia, junto com dois estupradores e um velho corcunda que se esquecera de ajoelhar diante do Santíssimo Sacramento.

Fora assim chegado este Mouro ao Povoado, e lá não o trataram bem, nem mal o trataram. Temos para nós que, fosse menos tosco, o odiariam, ou teria seguidores que o amassem. Símplice como era, ou simplório, apenas desprezo houvera de receber, sem ódio nem amor, se não fizessem tanta falta os ferreiros, na Colônia.

Pois, no Povoado, tornara-se o Mouro ferreiro — o único a haver ali — fazendo-se ainda um pouco serralheiro, e latoeiro, ou misteres afins.

E tão proveitosa situação era esta, que, a bem dizer, de salvo-conduto lhe servia, como que lhe conferindo o direito de permanecer vivo e prosperar. Do mundo ignorado, e descansadamente, pôde enfim nosso Mouro integrar-se àquele vasto segmento da raça humana constituído por todos os que não descendem de dom Sebastião.

Dificultoso, com efeito, dirão os filósofos, é fazer pouco de um ferreiro que é o único de nosso Povoado, muito especialmente se há cavalos a ferrar.

Com esta profunda máxima deixamos agora o leitor entretido, enquanto — já agora por certo um ente normal, e não mais impostor ou degredado — exerce nosso Mouro seus ofícios, à sombra de um telheiro muito tosco, por ele mesmo construído, próximo à praia, ali onde o areal se encontra com as primeiras grandes árvores que anunciam a serra, e por trás dela, o sertão.

III

TERCEIRA CHEGADA: A DUQUESA. MINUCIOSA DESCRIÇÃO DESTE DESEMBARQUE. POR QUE MODO SE ATENDIA À HIGIENE ÍNTIMA DE UMA FIDALGA

Ora bem. Por esta época andava o Governador-Geral da Colônia, com enorme séquito, percorrendo a costa, e ia de descida para o rio da Prata, buscando corsários e outras complicações, quando ao Povoado aportou.

Vivendo nós, como por desgraça vivemos, a mais incolor de todas as eras, não faríamos hoje idéia de maravilha como a chegada de um Governador, ainda por cima Geral. Tantos eram os pavilhões e galhardetes irisados, flâmulas cor-de-cereja, pendões amaranto, e ainda certos matizes agora extintos ou em extinção, e tantos os brocados e balbutinas, e panos outros igualmente impressionantes, que só a vista de tamanho esplendor já mantinha em respeito a população, mesmo a colonial ralé mais bruta e desordeira; do que se valia a Administração naquelas épocas, para conseguir administrar. E os administrados, ora, estes, era como se vivessem perpétuo, delicioso carnaval.

Pois prometia, daquela vez, o carnaval, e muito prometia, além do empavesamento sempre ostentado pelas naus em belas circunstâncias, já que uns ares novos e solenes (no número de bandeirolas, nos farrapos, que até a praia lá vinham, de música e festa) respiravam-se, a indicar visita assombrosa, grande alteza. Como formigas, iam e vinham os colonos na praia, e em suas casinholas, onde chegava a curiosidade das colonas ao desvario. Houve quem a areia varresse à beira do pequeno cais, e quem a atulhasse, até, de rosmaninho — delicada homenagem, — e punham-lhe por cima, em profusão, lírios-do-brejo, de Ásia e África um dia chegados, aroma da asiática e africana limpeza, para enfeitar os desembarques do Reino, com o muito proveito de disfarçar a pobreza do Povoado e o mau cheiro dos reinóis.

Ao fim de mil aprestos, abriam-se para colher o mais saboroso dos frutos — a Novidade — os corações que definhavam no ramerrão colonial.

Veio a novidade em forma de duquesa. Muito mais tarde, muito, seria o país dotado de festejadíssimo Duque, e até mesmo certas misteriosas duquesas, e condessas, estas envoltas nas dobras mais secretas da História, onde permanecem chamando a atenção exatamente por sua obscuridade, e emitindo raios de significativa luz negra. Mas delas, afinal, nunca ouviu falar ninguém, exceto por raros jornais, modestamente embrulhadas na seção Escreve o Leitor, quando para lá escrevem leitores de monárquico vezo, e vez que outra, então, a tais senhoras aludem, mas, sem serem lidos, voltam as senhoras às trevas. Nenhuma sequer nos impressionaria, chamando ao telefone. Já para o humilde Povoado, naqueles anos, visitá-lo uma duquesa era tão grandioso e impossível como a chegada do próprio Rei, e esta muito mais que a chegada de Deus.

No entanto, era uma duquesa que desembarcava das naus do governador da Colônia, e como descrever as glórias desse dia? Havemos, havemos de tentar. Mas palavra alguma do que realmente aconteceu daria conta do que maravilhou aos antigos e outras muitas gerações que se haviam de seguir, no Povoado.

A duquesa, não lhe recordo o nome, gordota e baixotinha, até a altura de três homens, por meio de cordas e roldanas fora içada de bordo. Da praia, onde assim era avistada sobrevoando a nau, comparavam-na ao anjo do presépio mecânico de Lisboa, tão cheia de rendas e tafulices, embora jamais alguém ali houvesse visto o tal presépio, em Lisboa, ou onde fosse.

Mas à ascensão seguia-se a descensão. O maquinismo, que antes a visitante içara acima do convés, agora a sustentava oscilante sobre as águas. Após ligeira hesitação, quando se lançaram dúvidas sobre o destino que daria a geringonça a tão nobre senhora, e se acaso era para arrojar-se aos tubarões, pôs-se a máquina a baixá-la em atormentados impulsos. Com precisão, no entanto, foi depositada a fidalga entre as ondas, dentro do escaler florido que a aguardava, todo forrado de seda, azul e ouro.

O povo na praia esperou, mas em vão, que a máquina retomasse o movimento, acreditando que, em sucessivas etapas, içasse e, logo a seguir, desembarcasse damas-de-companhia da Senhora. Em alguns minutos a verdade inteira apareceu: não havia damas-de-companhia!

Temível escândalo não se levantará jamais como o que percorreu as alas de colonos. Primeiro o estarrecimento, depois o escândalo. Porque as filhas mesmas do povo mantinham damas que as acompanhassem. As próprias damas-de-companhia por sua vez, de damas-secundárias-de-companhia, dispunham, de forma que cada mulher do Reino era sempre de alguma outra a acompanhante, estruturando-se a população feminina como vasta hierarquia de acompanhamentos, em forma piramidal. E na base desta pirâmide acomodavam-se rameiras ou barregãs, que, não tendo a companhia de ninguém, umas às outras se acompanhavam, e por muito satisfeitas se deram sempre, e ora sim, senhor, bem acompanhadas ficavam.

Mas a grã-senhora vinha só. Ainda mais o pasmo cresceria

quando se dessem conta, os colonos, que não eram damas, e sim varões que a rodeavam, satisfazendo-a nas mínimas necessidades; um marquês, por exemplo, a vestia e toucava, e havia homens de guarda pessoal, que às vezes costuravam, moços de cavalariça, um pajem para a higiene íntima.

Essa viril coorte, então, não fora içada de bordo, por desnecessário. Remavam vigorosamente, os homens da escolta. Sem ajuda de máquinas, haviam baixado em seus próprios escaleres e (tão numerosos acorriam) antes forças de invasão semelhavam que corte ducal. Já cinco ou seis que eram músicos, junto à Senhora seguiam, tocando, e oh ninguém jamais esqueceu o esplendor de tal chegada, o som desse tocar. Saltando as notas das teorbas, e adufes, e de arrabil, e pandeiros, sem nos ares perder-se, suspendiam-se, e suspensas ficavam à flor da água, seguindo, como longa cauda, o batel.

E do enxame de sons o que chegava à praia eram compassos descosidos, por isto mesmo cheios de mistério. Já os homens, nos escaleres, a cada duas remadas bradavam "alali", "alalá", "edoi lelia doura", "estódola pumpa e pum, pum, pum!", e absurdos que tais. (Não há que estranhar. Eram sons daquele tempo. "Oi, oi, oba", quereriam dizer? Gritos antigos, já não são gritados — nem fazem falta alguma.)

Tanto luzimento, antes por ordinário e reles enojaria, se faltassem tiros de canhão. Não faltaram. Estrugiam os canhões de quinze, vinte naves, à medida que se ia adiantando, interminável, o desembarque. Tamanho foi o estrondo, e interminável a salva, que dez ou doze inseguras casas, com seus tabiques, vieram abaixo, e ora lá se ia a quarta parte do Povoado.

Êxito, em suma, ousemos dizer, total. Quando afinal pôs os pés em terra a duquesa, irromperam vivas, choveram bênçãos sobre a cabeça da diminuta senhora, que ninguém, por sinal, sabia quem fosse, nem o que viera fazer e não seria por isto que se havia de perder tão bela festa. Já a fidalga, apenas um pouco procedera, jogou-se à terra e a Santa Apolônia deu graças pelos ótimos sucessos da viagem, — sendo devoção até ali pouco sabida, nem fervorosa, esta de Apolônia, mas era a sua, e tão bons préstimos como outra qualquer oferecia, e havia de oferecer.

Ainda à tarde, serviu-se o povo de missa e Te Deum, com mais graças ao Céu elevadas, e instalaram-se os visitantes no Povoado, lançando à rua as três restantes quartas partes da população.

IV

O GRANDE BOATO. INSINUAÇÕES COM RESPEITO A ADOLESCENTES

Terminara por este modo a festa, passou-se uma noite, e mais outra, e persistia o mistério com relação à fidalga. Sabiam-lhe o nome, que aliás esqueci, e também não esclarecia nada. Sabiam que era duquesa, porque assim a tratava o Governador-Geral; mas o ser duquesa, bem ao invés de resolver o enigma, fazia-o indecifrável, tão pouco duquesa era a duquesa. E que teriam a dizer os que ao Governador rodeavam em seu navio? Daí nada se arrancou, por não haver que arrancar. Tal como chegara ao Povoado, assim antes desembarcara a moça com seus homens na Bahia: assombrando o povo, não assombrando o Governador. Tão ínscios como os colonos estavam todos os da Bahia chegados. Então, pois se calava o estranho séquito da Senhora, e o Governador nem aos seus íntimos se abria, fechavam-se as portas da Informação, no Povoado, e abriam-se as da Invenção.

Como se inventou, por aqueles dias, na feliz aldeia — para outras coisas tão séria e recatada! De início, naturalmente, era com respeito aos visitantes que inventavam. Depois, tendo inventado rigorosamente tudo, e não podendo confirmar nada, tornaram os moradores da terra à frustração. Sedentos, insatisfeitos, ávidos de sucessos. Despertos do sono rotineiro para a Novidade, como resignar-se à escassa ração de acontecimentos que uma colônia pode a colonos oferecer, assim tão pobres e ordeiros, órfãos da sensação e do impacto?

Pois já o que fariam? Ora, inventar de si, uns dos outros, se dos de fora já não tinham a dizer. Assim foi isto a Grande Murmuração — ou grande peste! — epidemia terrível de rumores que, entre os colonos, no Povoado se alastrou.

Naqueles dias, levantou-se irmão contra irmão, vizinha contra vizinha. Quem não se viu acusado de encontros furtivos, pactos? E dúbios namoros? Feitiçarias? Outros, à noite, trancados a sete chaves, teriam blasfemado contra Santa Apolônia. E a certos adolescentes — quase umas crianças — os viram na escuridão entreter-se com a duquesa, ela em pessoa. Por sobre a areia, desnudos, e de tais furores carnais possuídos, que era incrível ver-se, enquanto a mesma Senhora, complacente... dava-lhes de mamar! A respeito da moça, isto só, não tinham inventado antes, mas agora bem inventado estava.

Das saborosas intrigas do período vem que seja esta história tão dúbia, erradia. Perdeu-se a verdade, ou se confundiu, na voragem do Boato, é nossa culpa? Duas ou três ruas de areia, mais algumas choupanas além das paliçadas — era isto o Povoado e, dentro deste ínfimo perímetro de murmurações, aéreos, levinhos murmúrios passeavam e corriam à solta, cavalgando as mentes dos colonos. Lá vão eles, não estão vendo? São débeis, flébeis, mas com a força dos ventos e espectros, coisas que só ares são — varando portas, paredes, alcovas de dormir. Quantos sérios pais-de-família não foram envolvidos no delírio! Quantas Anas e Domingas jamais se reergueram do pó!

Ao fim de um mês, passado o imaginatório tumulto, olhai, olhai bem, ali debaixo do monte de reputações estragadas, como se vai levantando, cautelosamente, a Razão. Para um lado e outro, volta-se, rápida e disfarçada, com o rabo do olho vê extenuados os colonos, que a seus pães-de-açúcar já tornam, e aos pomares europeus. Respira fundo, aí, a Razão, tomando muito fôlego e, puxando pela mão sua irmãzinha, a Paz, afinal regressa ao Povoado.

Mas com respeito à Duquesa, ponto inicial de todas as fantasias, não se apurara, realmente, nada. Ela ou seus homens — como ligá-los seriamente, no mesmo boato, a morador qualquer do lugarejo, se ninguém os via, nem viam a ninguém? Em antigo fortim ficavam recolhidos, cuja construção se deixara em meio, pouca légua para o sul, na direção, mais ou menos, onde edificara o Mouro um telheiro, e fabricava ferraduras. Ajeitada a seu gosto a velha fortificação, lá nela se trancaram com víveres para um ano, e sem mais incômodos — cria-se — para o mundo exterior.

V

TERRÍVEIS PRESSÁGIOS. CONSIDERAÇÕES SOBRE A INTERPRETAÇÃO DOS SONHOS, SUGERINDO-SE QUE SONHAR COM DENTE TALVEZ NÃO INDIQUE MORTE DE PARENTE. AS MORDIDAS DIVINAS

Que se falou ainda da estranha fidalga? Pouco, durante muitos meses. Certa pavorosa tragédia possuía os espíritos, e nada menos que esta: caíra o ousado Governador-Geral, finalmente, em mãos de corsários.

O tão nobre guerreiro, grande deste mundo, cujas naves reluziam de pendões amaranto! Uma tristeza que só se podia comparar à morte (e assim, efetivamente, era comparada), lá na raizinha dos corações, onde os sentimentos nascem, sufocava, como se praga fora, ou bicho, cochonilha, qualquer chocarrice, mesmo com respeito àquela Senhora. E, não houvera o pesar, havia a suspeita que os corsários, não se contentando com a pessoa do Governador, logo passariam ao pecúlio dos governados. Lançavam-se já todos à penitência, aos açoites, em procissões infindáveis — infindáveis à custa de ir e voltar sobre o mesmo caminho: não havia no Povoado ruas tão compridas assim, que não findassem — e de muitos lábios ouvia-se em desolada prece: "Que se contentem com o Governador-Geral, que se contentem..."

Veio um sinal do céu confundir ainda mais os espíritos. Foi quando as crianças do Povoado sonharam. Sonharam, sim, todas ao mesmo tempo, em muitas casas separadamente, um sonho igual. Viram o Diabo, que com imenso facão de corsário se preparava para cortar as canas a uns canaviais. E eis que se abriram as folhagens, deixando ver agachadinha, Santa Apolônia, que já aí se levantava entre lampejos vermelhos — era a cor dos paramentos de sua festa — e em frente ao zombeteiro Demônio ela, a virgem e mártir, empunhava uma cana, alisando-a com tanto amor como se lhe fora a palma do martírio. "Esta é a minha cana", dizia, com infinita ternura — e metia-lhe o dente. Neste momento sonharam, com horror, os pequenos sonhadores, que algo se partia na boca da santa — eram os dentes que rolavam pelo chão, como colar desfeito. Então, ó milagre, na boca do Demônio o sorriso de mofa transformou-se, tornava-se feio esgar. Fixava o Pavoroso os dentes caídos (que eram puras pérolas) e, como se o exigisse uma força superior, punha-se de quatro no chão a apanhá-las, a elas todas, alucinado, escravo da avareza. Mas esquecera facão e mofa, e lá deixava as canas-de-açúcar em paz.

Este, o sonho, este o sinal do Céu — na terra que o interpretassem. Pois que o interpretemos, lá vamos nós. Representariam as canas-de-açúcar, naturalmente, canas-de-açúcar, estas que eram a riqueza própria de tal Povoado. Já o Diabo com facão de corsário, estava ele ali, é certo, pelos corsários, os quais, em troca, os temos como representantes do Diabo. Ora nada mal, até aqui, e como não? Quanto ao resto, porém, tão obscuro, lamentai, ó homens, não ser o Céu mais explícito, dispondo, como dispõe, de todos os recursos da clareza e onisciência divinas, tal e tanto vezo não se justificando de emitir charadas, justamente para uso de mortais, já de si confusos e nada onniscientes.

Prestava-se então este sonho, como os demais, a quantas explicações à mente venham, viessem, e no geral loucas ou discordes — que fazer? Sonhar com dente, morte é de parente, e bem se sabe, mas lá em algum lugar se conta, de Apolônia, como lhe tinham sido arrancados os seus, pelo carrasco, e sem resultado, para que renegasse a Jesus Cristo. Nada a ver, então, com morte de parente, e bem felizes ficamos, pois dentes, mas não comuns, são estes do sonho, verdadeiramente, isto sim, dentes místicos, com os quais a graça divina vem e morde as almas, dali extraindo doçura quiçá como a da cana-de-açúcar ao morderem-na dentes comuns. Portanto boa coisa era, e que havia a temer de mordidas provindas exatamente de Deus?

Idéias, por outro lado, como estas, de martírio, antes que comprazer alarmavam as almas simples, e bem simples eram estas, do Povoado. De Deus esperavam paz, prosperidade, não morte ou sofrimentos, ainda mais dentais, — quem os havia de repreender? Bem melhor soava aquela parte outra do sonho, quando deixava o Diabo a salvo as plantações. Muito justo, ora pois não?

VI

ONDE SE PROCEDE À ANALISE PSICOLÓGICA DOS HOMENS DO POVOADO E SE EXPÕEM SUAS ATRIBULAÇÕES EM SITUAÇÃO NOVA. OS PEZINHOS DAS CRIANÇAS

Enfim, mesmo favorecidos por sonho prodigioso, grande dom do Céu, nem por isto haviam os colonos de aquietar-se. Não admira — como fizeram — trocarem lares e lavouras por montes, e matos, em precipitada fuga, desde o instante que da outra capitania uns emissários chegaram, anunciando o invasor.

Sim, fugiram, e todos, quando nem os piratas corsários davam sinal de si. Pois que novas eram estas, da tal outra capitania? Não mais que indícios vagos, simples alerta. E (pois a depender de confirmação) não justificavam pressa.

Ah, eram então parvos, bem parvos, estes ilhéus do Povoado, e desleixados covardes?

Já vos digo que não, ou quem sabe aqui só, neste ínfimo, desaventurado episódio! Pois antes eram de medir, pesar, e muito repesar e, de novo, medir, peneirando e joeirando, sempre, no crivo, joeira, filtro, e quantos instrumentos haja para discernir, entre as variadas coisas, as que sim e as que não.

Quantos cristãos, no resto da Colônia — estes, sim, de tortuosa índole, como até hoje, que não os vemos mudar — não tomaram por medo, medo rasteiro, o ponderar do ilhéu? E então não os surpreendeu sua concentrada teimosia? A força, até, do seu braço?

Não, tíbios não eram, como parecem sobremodo ser, quando tão indiscretamente, lá vão correndo de fingidas imaginações.

Pecados — se não os iam ter, se os temos todos?

Avaros, sim — já vamos dizendo. Mas não o haviam de ser lavradores pequenos, homens livres, que braço escravo não pediam, nem daqui, nem de África? Não tinham que zelar, e dia e noite zelar, por uma posse, esta sua, ínfima, enquanto lá iam grandes senhores lançar-se a conquistas e desperdícios?

Nem só em si cuidavam, ou nos seus bens, pois se à própria sorte todo bem largaram, quando vinha o inimigo! E antes salvos ficaram os caros filhos, estes, sim, o primeiro fruto, e o melhor, de seu mourejar neste baixo mundo...

Cortava o coração, no dia da fuga, vê-los recolher em longas filas as crianças, todas com seus pequenos farnéis às mãos, e contemplar a coorte de cabecinhas castanhas, ou alouradas, outras, e até vermelhas, da mais pura estirpe flamenga. Dóceis crianças indefesas. Mais tenras que a mais tenra cana, mais brancas que o mais branco dos açúcares, quando voltavam, refinados de Lisboa.

Como se temeu, como se chorou por elas... E era isto avareza, escravidão aos bens terrenos?

Ora vamos reconhecer: os ilhéus... talvez não vieram talhados para este mundo novo. Quem os via fugir pelos morros, os pezinhos alvos das crianças sangrando nos pedrouços da encosta, e o choro, a pedirem água... Não era, por certo, a sua, esta natureza, nem lhe pertenciam eles, mas ao recinto protegido por paliçadas, onde não chegavam índios, e mesmo as cantigas de ninar pregavam a lei e a ordem, junto à limpeza da casa — o mesmo de outrora, nas ilhas. Lá embaixo, o Povoado, com sua pequena praia, tão protegida, e o céu cinzento, era como ilha, também, e os imigrantes, em jeitoso nicho, ecológico, davam-se ali à ilusão de possuir a terra.

Pois agora, na subida — desmoronava a ilusão. Ouviam-se, lá de cima, os últimos sons familiares: latidos de cães vadios, e o relinchar de cavalos, inúteis para a fuga em selvas, e que eram forçados a abandonar. Ao tamanho de um brinquedo viam reduzido o atracadouro, agora deserto, onde num dia de glórias desembarcaram o sr. Governador-Geral e a Fidalga.

Preso ao molhe, apenas um bote solitário, mas a Senhora ainda lá estava, separada, à distância, no fortim que mal se divisava àquela altura da subida. Aí num estalo acudiu à mente de todos: não se lembrara ninguém de prevenir aos do fortim? Ninguém, incrivelmente, tamanho o isolamento deles. João de Utra, uma tal Ana Domingas, haviam-se lembrado, e esquecido. E outros nem sequer. Assim foi que ficaram para sempre desprevenidos, fidalga e companheiros, em seu fortim.

Como pensar na salvação de estranhos, se a si próprios, fugitivos, não tinham como salvar? Ali, mal saídos que eram do Povoado, viam-se já com a natureza bruta enredados, em luta desigual. Vede, não se horrorizavam tantas mães de irem os filhos mais crescidinhos, naquela longa fila das crianças, sem pena, pelo pó arrastados, porque lhes falhava o pequeno pé? E gritos, quantos gritos, e a dissensão entre os casais! Pois: para onde iam? que faziam ali? por que fizeram? que iam fazer? E mãos e pernas abriam-se em carne viva, esfolhando-se no roçar de todas as asperezas daquela subida infernal.

VII

DESCRIÇÃO DE UMA FUGA PARA AS MONTANHAS. GRITOS E CORRIDINHAS. A INCRÍVEL BELEZA DA FUGA, E SUAS CONSEQÜÊNCIAS

Lá embaixo, quando partiam — ainda que às pressas, lá embaixo não fora assim. Fora até mesmo belo. Em pelotões de fuga acharam de organizar-se, por qualidade e estado, cada um na sua e no seu, por estamentos, segmentos, e no vistoso desfile ia a sociedade dos ilhéus inteira dissecada, analisada, e retratada. Mas nos víveres não cuidaram, que traziam poucos, nem nas armas, quase nenhuma, que muita mesma não possuíam. No que vai isto dar? Veremos.

E as velhas, as velhas ilhoas — ai as velhas! Que mais tocante coisa, elas, no seu despreparo, que aos filhos instavam: "as capas, vejam lá, as capas!" — e eram as capas de honras, vistosas pelerines que até o chão desciam, em todas as cores bordadas, e com a maior das minúcias, desde o capucho até o pé, em uso, nas remotas ilhas, para viajar-se — e "levem as capas!" — suplicavam, porque lá nas montanhas, ouviam dizer, "chovia permanentemente"...

Chegaram mesmo os homens a vestir tais capas, na hora de partir, quando formavam todos os pelotões em ordem processional. Ali, com tão mal armados varões, mas solenes, graças às capas multicores, e segundo critérios infindáveis de precedência dispostos, que do sobrenome iam até o ofício e santo patrono, ali em duas filas laterais estenderam-se os pelotões, como que às mulheres cercando e protegendo. Pois abrigavam-se as mulheres, sejam matronas ou solteiras, entre as duas alas, e tempo haviam achado para vestirem-se de negro, todas, cor de mulheres em fuga. Ao soar de matracas e um apito — era assim sempre que começavam procissões — punham-se as mulheres a amparar senhoras idosas — por que tantas vezes o fazem, e quem ampara quem? (Antes se amparavam, mutuamente, com instintivo gosto, mas isto em tempos aqueles de antes, que perto dos nossos já o deixam de fazer, e perdem, gradualmente, as mulheres, seus instintos, por força, não será?, da química adição em cosméticos, e assim é que avisos mentais de falecimento já não recebem, de filhos distantes, nem mais nos surpreende com prodígios a chamada intuição feminina, nem seus arranjos florais.)

Fechavam o cortejo os solteiros, levando eles os fardos, (pois diziam já levarem os casados o seu, intrínseco) e cobrindo (na expressão sua), a "rabeira". Envergavam, não capas, mas estranhas coberturas, que com palha vil se entreteciam, e era o que usavam para abrigar-se da chuva, nos campos, quando se lavravam. Ora, descendo da cabeça ao chão, dava-lhes o aspecto de cabanas.

Pois folgavam os solteiros, ou as cabanas, em volteios alegres, como se um bailado insinuassem, com passos ainda muito tímidos, mas que logo se assanhariam no apressarem a uma qualquer solteira que se ia retardando (e exatamente se ia retardando para que a apressassem — que sabemos nós?) e, aqui e ali, aos fracos, e cansados, doentes, retardatários de todas as fugas, que se faziam contumazes, em seus atrasos, e com isto também freqüentes se fazendo as corridinhas, e o remexer-se das cabanas.

Resultando, pois então, frenético bailado. Mas, de ser bailado, disto mal se davam conta: apenas nós, que de fora olhamos, e bem certamente as casadas como nós o viam, estas sim, desde o começo lamentosas, e sempre o hão de ser, mas agora presos (disfarçadamente) os olhos à coreografia das cabanas, como que por ela se guiando e influindo, afinal já por ela compassavam os lamentos, que ao céu subiam, e acompanhando, pois, a dança com tais sons. Ora, não valerá descrevê-los, que tão notáveis eram, os sons?

E voz profunda — OH OOOOOH — emitiam-se, enquanto furtivamente para os solteiros voltavam estas casadas os olhos, e extraordinário era o fingimento, pois pareciam tê-los sempre cerrados, e os braços levantados para o céu. Ora, bem percebiam os rapazes (sempre acabam solteiros e casadas por entender-se) que de algum modo lhes diziam respeito estes gemidos, e logo se repetiam as corridinhas em mais marcado ritmo, à feição de danças de umbigo ou maçanico, aperfeiçoando-se, com a prática, a harmonia entre passos e sons, que já ali boa melodia eram.

E já aí também francamente sabiam os dançarinos que dançavam, e não havia iludir-se, mas que faziam agora as lamentosas, ou lamentadeiras, que uma outra bem diversa lamentação com a primeira emendavam, e era uma que fininha se iniciava, estrídulo de humildes grilos, e subia sempre, mais alta, mais poderosa, e era, ao cair, como um despencar atropelado de soluços. Sentidos, antiqüíssimos lamentos, que uns após outros se sucediam, nem mais sabiam dançá-los os rapazes, mesmo vezes eram que a tais soluços misturavam as mulheres imprecações, digamos, à Virgem do Socorro, ou do Monte, (que para lá iam), e Santa Apolônia, vindo às vezes tudo de cambulhada, e numa só e complicadíssima emissão de som. Ali se representariam garrafões, em líquido emborcados, já quando lá se vai um ar pelo gargalo, o último ar, em grandiosa bolha, e explodem flatos de sonoridade desigual.

Desta forma o Povoado partira — senão aos gritos, pelo menos aos gorgolejos, e ainda assim na mais bela das ordens — em direção à morte e ao sofrimento.

Ora, perdeu-se a ordem muito cedo, ao se fazerem sentir os primeiros aclives da montanha. Cessaram os volteios, sem que os retardatários deixassem de se retardar. E as mulheres, que tanto se esmeravam em lamentar-se, e com tais finuras? Ora, o que neste passo emitiam eram uns palavrórios discordes, que mais lembravam pragas. Vejam, aos poucos, lá vão elas calando-se, exaustas, e por um bom tempo caladas estarão.

Encerrou-se, ora pois, e bem assim, a primeira parte desta retirada. E logo começaram os pés das crianças a sangrar.

Mas perguntareis, e as capas?

Quem mais cuidou destas abençoadas capas, se o bordado, a seda, nos espinhos esgarçavam-se, sumidos debaixo de barro e pó? Fino louvor de cem anos, fruto do aconchego do inverno, em ilhas longínquas, e do trabalho das avozinhas — lá ficaram pendendo em molambos dos taquarais. E idosas senhoras deixavam-se estar, e morrer, junto desses trapos, menos pelas dificuldades da subida que pela impossibilidade moral de abandoná-los.

Sentiam assim os fugitivos troianos, quando, no mar tragado o tesouro da pátria, ali queriam jogar-se também!

Já os colonos mais moços, e alguns velhos, em sua desgraça, prosseguiam a subida. Vinha descendo a escuridão, e não topavam clareira ou abrigo, tendo-se adentrado na mata. Abaixo, os últimos matizes apagavam-se, no mar de ipês e quaresmeiras, hoje acaso pastos e pistas, por ônibus velozmente devoradas, mapa de rodovias — mas, naquele momento, quantos homens feitos, quantos, sem rumo, não iam tropeçando sob as copas, à espera somente de que os engolissem os perigos noturnos. "Antes lá abaixo houvéramos morrido, dentro das paliçadas!..." era o que brotava dos lábios, também aqui repetiam os mesmos troianos guerreiros, com brado quase igual, afora compreensíveis diferenças de estilo.

Ora nem possível era, conforme queriam, tornar atrás, ou morrer em casa. Pois em algumas horas descobria-se a mais inadmissível das situações, a mais odiosa: entrando demais pela floresta, tinham-se desnorteado todos, não achariam sequer o caminho de volta.

VIII

AQUI SE MENCIONA INTERESSANTÍSSIMO FENÔMENO GENÉTICO, BEM COMO FORMIGAS MARIQUITINHAS: COISAS FRÁGEIS, SUBTERRÂNEAS...

Um povoado inteiro, centenas de almas — perdidas como tolas crianças a três passos do Lar! Que tragédia a esta se compara, nunca ouvida, nem lida, nos livros grandes da História? E as mãos e pés que sangravam sempre, vertedouro de sangue das ilhas, derramado ali sobre ervas tão torpes, e em abundância tamanha, que pareciam acender-se com nova floração rubra e viva. Como se o matagal, o verdor escuro, explodisse em vermelho!

Talvez fossem alvos, nobres demais. A pele — fino envoltório dos ilhéus, papel de seda puxando a rosa, glória do Povoado entre mil outros vilarejos mais morenos — com fragilidade de pêssego rompia-se. Tal não sucedia nos vilarejos morenos. Jamais ao gentio. Curioso acidente genético, se, em tempos de tranqüilidade, acordava gerais aclamações, causa de perdição era agora. Rompida e atormentada por insetos vorazes, desfazia-se a pele, como palhas e capas coloridas se tinham desfeito, e assim era impossível avançar, nem teriam, aliás, para onde, que qualquer trilha conduzia a lugar nenhum.

Não valeria, então, largar tais homens à sua miséria, e acompanhar, digamos, o destino das películas microscópicas que se iam deixando ficar em seixos, terra e folha espinhudas, fragmentos da pele dos ilhéus? Seguir as formigas mariquitinhas, e mais a saúva e a cabo-verde, em pequeninos passos transportadores, e os farneizinhos rosados que carregavam, resíduo de tanta nobreza? E estes e outros insetos, e certos obscuros necrófagos, como chegavam aos ninhos, sauveiros, mariquitinheiros, termiteiros, e o que se seguia de transformações químicas, o fabrico em todas as suas etapas? E o produto final — massa, creme, baba globulosa — servido a novas gerações dos mesmos insetinhos, a cupins mestres, formigas reais?

Seria a continuação possível desta história, iniciada à superfície da terra e prolongada naturalmente por seus prodigiosos planos subterrâneos. Nada demasiado nisto, nenhum despropósito. Que mal fará se estivermos escrevendo, desde nossa primeira linha, uma história de insetos florestais? Quem nos assegura ser de mais alta relevância o que se vai passar no Povoado, acima da superfície?

No entanto, assumi o compromisso de explicar o aparecimento de minha alma, e ela surgiu entre os homens do Povoado, tal como poderia ter nascido saúva ou mariquitinha, mas nasceu entre homens, e apenas por isso tornaremos a eles.

IX

OS HOMENS

Tornemos a eles. Aos homens vistosos, por exemplo, que de manhã haviam partido naquelas capas coloridas, protegendo a grei? Se, em parte maior, cuidavam só na conservação dos familiares, ou na sua própria — agravando o mal de todos — um que outro, pelo menos, alcançavam toda a vergonha e desastre daquela retirada. Vamos repetir o que revolviam em suas mentes antigas, para que se faça justiça, e não pareçam menos atilados que quaisquer homens dos povoados do seu tempo.

Já antes — meditavam — não era temido o gentio, mesmo aldeado, em capitania tão deixada a si? Pois agora se temeria mais. Não fora pela indigência do Povoado, depois que o saqueassem corsários, seria pela inépcia de seus homens, ora posta a nu. Como até não rir-se de varões adultos pendurados de árvores, subidos sem poder descer? João de Meira, acossado por onças, que eram gatos do Povoado mesmo trazidos, por mão infantil? Domingos Narciso, que pisava em saúvas, e lhe entravam pelas botas, a cada meia hora? Baltasar de Utra, velho de muitas cãs, que também por aliviar-se sobre formigueiros, tinha as nádegas a ponto quase de perecer?

Várias Franciscas, saindo-se um pouco da trilha, com pensamento análogo ao do ancião, foram perder-se para sempre, tornando-se comedoras de liquens pela mata, mas disto só se saberia ao regressarem duas delas enlouquecidas, vinte anos depois.

Muito riria também o gentio. Pois a alguns era dado rir, por caprichoso desígnio de Deus, que este dom negava a outras alimárias; posto que não rissem sempre na ocasião azada, nem de modo natural aos completamente humanos. Apresados, como em geral eram vistos, ou separados da nação, poucas vezes riam, fazendo isto prova de sua incompleta natureza — brutos alarves são eles — e das limitações da liberalidade divina. De qualquer forma, se risse o índio, como mantê-lo em respeito?

Temiam, então, o gentio, que se movia nestas espessuras como em reino próprio. Do vicioso trato com bestas feras, haurira a ciência de nelas transformar-se, ao seu grado, para iludir cristãos, ou em insuspeita folhagem, fato este muitas vezes referido e comprovado, a ponto de não admitir dúvida, nem duvidou jamais ninguém. Tudo muito embora, chegavam os fugitivos a desejar passassem ali tapuios rebeldes, em traidoras andanças. Só eles, afeitos à cruel Natura, podiam guiar os do Povoado para fora destes matos grossos onde iam todos morrer.

Eram tais, então, os pensamentos que se agitavam nas mentes lúcidas do Povoado — enquanto os respectivos corpos se encurvavam nas mais incômodas posições, forçando-se a aderir aos contornos de pedra, raízes, tocas e quantos mais duvidosos refúgios houvessem encontrado na mataria para dormir.

X

REGRESSO AO LAR. NOVAS CONSIDERAÇÕES SOBRE OS HOMENS, E AS MULHERES TAMBÉM. NENHUMA LUXÚRIA EM BERÇOS INFANTIS

Bem, a noite terrível passou-se — é curioso — quase sem deixar danos. Quando uma vermelhidão difusa invadiu todo o espaço entre os troncos e abaixo das copas, veio encontrar ainda moídos de sono os fugitivos, mas orvalhados como rosas, e das fadigas da véspera quase recuperados. E foi descambando a luminosidade vermelha para o amarelado, o espaço abria-se como cortina, descobrindo as belas formas das árvores. Um delicioso perfume de lírios-do-brejo, que vem sempre saturado de umidade e frescor, invadia também as almas. Era o elixir da paz e do esquecimento, o importado bálsamo que por toda parte se espalhara, e já a natureza da Colônia o cultivava em recantos sombrios, como axilas — ali onde a água sobe do coração da terra e fica no ar suspensa, em minúsculas gotículas, mas tão densamente, que se podem quase apalpar.

Pois tal elixir respiraram todos, e na mais consolada paz iam despertando, em tão descansada alegria, que se diria, até, erradamente; pois na desgraça em que se achavam seria o natural acordarem tristes. Disto se deram conta alguns, que à descabida folgança faziam por negar-se, e vinham-lhes ao rosto os mais contorcidos trejeitos, de tanto que o riso seguravam e espremiam, no empenhado esforço de sofrer.

Mas ora, ora, que nem lírios-do-brejo, nem do não-brejo, nem paz nem esquecimento algum hão de tanto inspirar alegria, nem sorrisos, nem tão irreprimíveis estes hão de ser, que não arrefeçam, e lá miolos a dentro não tornem a meter-se, quando dá o estômago de borbulhar, borborigmar, burburinhar, e também tamborilar, nisto que é um vazio, um faltar, uma gastura, um gostar sem ter, um gosto que desgosto é — e FOME, simplesmente, chamamos, que outro nome não tem.

Pois fez-se a fome deles, já naquele segundo dia, doida, voraz, enlouquecedora, e apetecia-lhes o que em volta achassem, que pedra e pau não fosse, mas, afora maracujás do mato, que na estação sua amadureciam, bem que um pouco de vez, mais ali não tinham que folha bruta. E tal maracujá buscavam, oh como, pela mataria, nas trepadeiras enredando-se, e lá se iam por terra despenhados, se por azar não os encontrassem a rastejar no chão. E, em qualquer caso, ao descobri-lo, "opa, um maracujá" não diriam em seus arroubos, mas "pois ora vivam, senhor, os marcujás", que era este o modo por que falavam, e assim, enganando a fome, prosseguiam — mas com o caminho de volta nada de atinar!

Foi ao meio-dia, hora do almoço, ou de falta dele, que afinal acharam de rezar, todos juntos, a Santa Apolônia, pedindo ainda desta vez um sinal que revelasse a como tornarem à casa. E tanto mais, havemos de dizê-lo, que não se afeiçoavam todos igualmente a tal dieta de maracujá, e duvido que a suportasse o leitor.

Meio minuto não se passou desde que rezaram, e de sudeste levantou-se um festival de estrondos e estampidos. Era a indicação ao mesmo tempo de mais um favor do céu, e da chegada dos corsários.

Que júbilo, que explosão de gozo não sacudiu então o povo errante, causada por aquilo mesmo de que fugiam e mais queriam evitar! "Os corsários!" ou antes "os marotos!" gritavam, como gritaria o náufrago: "um navio!". Tais são as voltas do mundo, isto sabem os mais vividos — não nos espantemos, pois não, nem vamos comentar. Digamos, só, que, para sudeste se precipitando, parecia que à própria vinda do Salvador acorriam, naquele grande dia em que nos há de o devolver o Céu. Acordos fariam, quaisquer acordos, e de muito bom grado as plantações haviam de entregar, e todo o seu bem; dariam, quem sabe, os filhos — e a si próprios — a violar... e tudo por um bom almoço, ao pé do fogo caseiro. Curiosa mudança! O que são os homens, e sua fome, e a das mulheres também! Mas não vamos, não vamos comentar.

Em três horas, depois de não muita marcha, ou, melhor diria, de muito rápido voarem, orientados sempre pelo canhoneio e fuzilaria, chegaram à última escarpa da montanha, aquela de onde se descortinava o oceano, o Povoado lá embaixo, o fortim de Duquesa.

Que viram então seus olhos, incertos de tanta fadiga e tanto pó? Os lares arrasados? O saque do Povoado pela sanha corsária? E a profanação das hóstias? O berço das criancinhas entregue, primeiro à luxúria, depois ao vômito dos bêbedos? Esperava horror tamanho, a alma bondosa que nos lê?

Pois não tocou ninguém no Povoado, nem com a ponta dos dedos, menos ainda em berços infantis. Preso ao atracadouro deserto, balouçava o mesmo bote solitário, que na fuga haviam abandonado, e do alto podia avistar-se. Foi como se o lar querido mandasse um aceno lá de longe aos filhos pródigos que regressavam.

XI

A GRANDE TRAGÉDIA. ONDE SE MISTURAM DRAGÕES E MOSCAS VAREJEIRAS ÀS MAIS FINAS IGUARIAS, EM PORTENTOSO EPISÓDIO DE FÉ

Pois não tocara ninguém no povoado. Mas na linha do horizonte, onde se erguia o velho fortim, ali instalara-se o Inferno. Naus corsárias em profusão — não se sabia haver tantas — lançavam-se ao reduto com toda a força de seu cuspe chamejante. No cuspirem e inflarem as velas, semelhavam à falta de comparação melhor, dragões, quem sabe, com grandes papos. Do forte respondia-se, mas eram espetadelas ínfimas — com mosquetes, arcabuzes, trabucos, lá que armas houvesse no tempo, de encontro à couraça farta dos dragões.

Foi aí que, no bando dos trânsfugas, venceu a compaixão os apelos da carne, e deram a medida toda de sua grandeza. Nem fome, nem cansaço os tolheram mais. Testemunhas do que entenderam como o sacrifício da Senhora, que com todo o empenho de arcabuzes resistia, para afastar de plantações e aldeia o invasor, prostraram-se em terra. Juraram implorar ao Céu, e não cessar de implorar, nunca, até que se apartasse o corsário, e silenciassem os canhões.

E levantaram os braços, não os baixaram mais. Caiu a chuva, primeiro uma garoa fina, depois violentas cataratas — que eram obra do Demônio, despenhando-se apenas sobre o bando suplicante — mas os braços, para o céu erguidos, não os baixavam mais. Um forte vento, que o Demônio mesmo soprava, cisco e sujidades arrojava aos olhos dos fiéis, mas nem os olhos tiravam do céu, como nem um braço moveram para protegê-los.

Mandou também o Inimigo uma praga de varejeiras, que irromperam zumbindo e faiscando de todas as carniças da mata, mas tomavam-nas como esmeraldas lançadas do Céu. Na pele dos braços, deixaram que pousassem a carga minúscula, e sentiam os ovos penetrando, na carne lisa onde cresceriam tumores, grávidos de repulsivas mosquinhas. Sentiam o ósculo pegajoso e calavam; e os braços, não os baixavam mais.

Durante um tempo que ninguém contou, sucederam-se as provações. Depois de moscas, mosquitos. E, acrescendo-se ao mal, até aquelas narinas que logo acima se plantavam de bocas há dois dias sem comer, o odor de incríveis iguarias veio subindo do abismo, misteriosamente, jurando ali cada um reconhecer bacorinhos assados, e pombos ao leite, fatias-paridas, toicinhos-do-céu, papos-de-anjo, e pastéis-de-Santa-Clara, colhõesinhos-de-São-Gonçalo — as mais extraordinárias gulodices do Reino — como também as da Colônia: manuês, beijus, aluás, pamonhas, — e já iam passando às da Índia, quando o Céu, compadecido de tanta miséria, enviou, não o almoço, mas um novo sinal.

Primeiro, então, doeram, com acerbíssima dor, os dentes de quantos ali oravam, reconhecendo-se em tal moléstia, no fato de doerem os dentes mesmo àqueles que não os tinham, uma origem divina e sobrenatural.

Em seguida, quando pior se fazia o tormento, e quase se desesperavam, sentiram calar-se, de súbito, lá embaixo a artilharia. Já o troar de canhões despedia uns últimos ecos, os quais se debatiam doidamente, por um minuto, contra a abóbada celeste, até aninhar-se em longínquos ângulos mortos da paisagem. Quedavam-se serenados, à espera de voar de novo; e ali aguardam até hoje um chamado que não virá, pois cada coisa tem a sua hora no mundo, e esta não se repete para ninguém.

XII

COMO SE REALIZAM OS PLANOS DE DEUS, E A IMPORTÂNCIA DO ESTUDO DO LATIM NAS ESCOLAS

No silenciarem os canhões, cessou também a dor de dentes, tão milagrosamente como havia começado, e para compreensível gáudio de todos, com muitos agradecimentos à misericórdia de Deus, que abreviara este sinal.

No entanto, avolumavam-se grossos fumos no reduto da Senhora. Cessavam os defensores sua fuzilaria: era, pois, o assalto final, vitória dos corsários e ruína de todas as esperanças do Povoado!

Não quisera então Deus atender à súplica de seus fiéis, tão dolorosa, e depois de manifestar-se Ele — e sua contraparte, o Demônio — com tantos acenos e sinais? Seria acaso o fim, e a véspera de morrer?

Tais dúvidas revolviam os colonos em seus espíritos, presa de indescritível angústia, e já abaixados tinham os braços, quando viram no céu o fumo, desprendendo-se dos bastiões, tomar estranho feitio. Ó vão e bruto que é, nosso aparelho dos sentidos, e que duvidoso o testemunho humano! Pois não acordavam uns com os outros nunca, de todos os que estavam a contemplar, que forma ali se desenhava, com fumaças entre as nuvens, e criam uns que era como palma de martírio, altercando outros se não seria penacho ou espanador. Ora, de fato, palma era, e confirmado foi por dedos misteriosos, que, ainda do fumo lançando mão, que a tudo se prestava, com eles estas letras pôs-se a traçar no céu:

E...T...I...A...M...

"Etiam". Era em latim.

Era latim, língua que por aqueles tempos se falava no Céu, hoje não mais, ou muito raramente, cremos nós, já considerando preces ou missas, e toda classe de movimentação postal entre os dois mundos, litúrgica chamada: pois comunicam-se eles agora em mil vernaculares formas, que, miseravelmente, em sua incompreensão e diversidade, muito bem retratam esta nossa Babel.

Mas, naquele tempo, seria de pasmar, dirigindo-se o Céu a rudes colonos, mal e mal senhores de seu português, que falasse em latim? Antes pasmaria que se lhes dirigisse por escrito, se apenas um deles sabia ler. Mas este um, que nas ilhas servira de notário, e quase fora a frade, este por acaso, conhecia algum latim, com que justificado se tem, em sua surpreendente sutileza, neste e em todos os outros casos, a Providência de Deus.

Pois sucede que, para edificação do povo, ou pelo menos do ex-notário, e aproveitando-se sempre aquela fumaça do holocausto, desenhada ficou no céu esplêndida passagem da missa de Santa Apolônia, ou de outra virgem qualquer, desde que mártir:

ETIAM IN SEXU FRAGILI VICTORIAM
MARTYRII
CONTULISTI

Em bela ordem se arrumavam tais caracteres no céu, e correta ortografia, figurando a modo de guirlandas ou faixas agitadas pelo vento, sem que realmente as desfizesse o vento, tudo como esperaríamos de mão tão poderosa como aquela que os desenhou.

Mas a que vinha, enfim, que grande sentido se ocultava naquele desproporcional recado, que tão vasta folha exigia como o próprio céu?

Nós, que em geral não somos notários, nem sabemos latim, havemos de recorrer ao Missal Romano, que por esta maneira, nas edições bilíngües, traduz:

"Ó Deus, que entre as maravilhas de vosso poder CONCEDESTE A PALMA DO MARTÍRIO ATÉ MESMO AO SEXO FRÁGIL..."

Que a singeleza da versão, ou vezo feminista, não nos esconda as profundidades deste texto, por todos os motivos lúcido, admirável. Ou acaso é para considerar-se um amontoado de tolices? Por certo que não, jamais.

Tão logo, enfim, pelo ex-quase-frade, soube aquele povo todo o que se dizia no descomunal bilhete, entenderam que enviara o Céu resposta às suas dúvidas. Entenderam que não desejava Deus a vitória, mas o sangue de mártires, e que a Senhora, a nobre Senhora, acabava de passar-se, fornecendo-lhe o que queria.

XIII

INTERESSANTE COMPARAÇÃO ENTRE PIRATAS E BICHINHOS INVISÍVEIS, MINÚSCULOS MESMO, COM VANTAGEM PARA ESTES ÚLTIMOS

Então, fora martirizada a duquesa, e alegrava-se o Céu! Pouca dúvida, de resto, subsistia quanto ao destino da fidalga. Já do fortim semi-incendiado vinham saindo corsários, corsários em festa, e agora do alto se observava — que dor no coração dos que observavam! — em longa fila aos malfeitores, avançando. Avançando, avançando. Na direção do Povoado.

Que aperto no coração, e que nova mudança, de quem antes clamava pelos corsários como por um salvador! Vistos do alto, algo mais eram que gorrinhos, pontos vermelhos sobre pequenas pernas minuciosas? Eram formigas ruivas incendiárias, longas carreiras delas avançando! Personificação do mal miúdo, os subversivos minúsculos, solapadores de todas as eras; que antes dos grandes, e muito mais, se fazem temer, porque amparados na fraqueza mesmo, e em nosso nojo, pois não? E porque roupa a dentro nos entram como lacerdinhas, baratas, *Phthirus pubis* e o inconcebível *Sarcoptes scabiei*, quando confusamente o pressentimos, não partes em nós, não sendo nós, mas partículas da essência, nossa, que regressam, e então resta só esmagá-las, para que não reivindiquem o espaço todo como direito seu. Mas, e o amor, profundo amor que se insinua, a tentação de amá-las? Já alguém sentiu as perninhas céleres sobre os lábios sem compreender como são, profundamente, ósculos? Compreendem-no os lábios, por isso cospem. Mas fica o abortado amor, denuncia-se, nos dedos que esfregam, bem mais que necessário, os mesmos lábios, às vezes na ânsia imperiosa de beijar.

Desta maneira, quedaram-se por um momento, em seu elevado mirante, os colonos, divididos entre o fascínio e o temor, senão o nojo. Por certo lhes pareciam subir pernas acima os gorrinhos, e muitas colonas as tinham apertado com força (do que lhes advinham arrepios vaginais, com repercussões na espinha e nuca) e idem os colonos (para efeito símile no mapa corporal viril). Mas crescia também o asco — nos outros que compulsivamente batiam o pé no chão, sem dar por isto, livrando-se de bichinhos invisíveis.

Assim, sacudiam-se todos, apertando-se e sapateando, e pela praia os piratas formigavam, e formigando continuaram, até as vizinhanças do Moiro. Viu-se lá de cima tudo com perfeição: o invasor deter-se, espalhar-se pelo mato, cercar a casa do ferreiro.

Só aí se perguntaram os do Povoado: o ferreiro! pois com eles não estava? Não estava, não estivera nunca, não o tinham visto mais. Deixara-se então ficar em casa, não viera com eles! Um estremecimento de sincero horror agitou mais uma vez o bando, já tomado de agitação tão grande, e não só por natural apego a quem afinal era um deles (ao menos mais que os corsários), como por adivinhar na sorte triste do Moiro a prefiguração da sua. Como ele morreriam, e já o davam por morto. Com razão, até, pois de todos os lados convergiam os bandidos em direção à ferraria. Vasculharam o mato, e o próprio telheiro, como que algo procurando; e duvidavam, conferenciavam, como quem não achou.

Eram apressadas formigas que vão e voltam, e se esbarram, cheirando-se, e tornam a separar-se. Sabe Deus por que assim fazem, as formigas. E sabem-no também as pedrinhas do chão, um ou outro inseto, alguns discretos etólogos — mas não dizem a ninguém, pois é segredo lá da intimidade deles, do fechado mundo micro, onde não temos licença de ingressar. Transpirou um dia que se comunicam e se compreendem, muitas formigas, pelo pequeno ânus, em alguns casos delicadamente violáceo, e enriquecido de glândulas sutis. Por isto andariam em fila, sempre: a cada região traseira, fonte de abundante informação, logo se aplicando — supunha-se o ânus disponível — outro indivíduo igual. Pela cabeça, prodigiosamente sensitiva, imaginai agora este novo inseto como se abebera na emissão anal, à farta, e a mensagem preciosa que retransmite, por traseiro próprio, ao semelhante que aí se venha estrelar; já então o terceiro e mais um quarto, e assim interminavelmente — não fossem rios e oceanos — em carreira infinita que abraçaria o mundo! Não será, este, segredo por demais valioso para que se esteja a propalar no rígido ambiente humano? Talvez por isto, não se propalou; e melhor assim, tratando-se do meio, por excelência, de comunicação entre tais insetos; para que não se entorne o caldo, nem interfira ninguém, e continuem tranqüilamente a se comunicar.

XIV

TERMINA A COMPARAÇÃO, E PASSA-SE À DESCRIÇÃO DE UM INCÊNDIO, SENDO ESTE O CAPÍTULO MAIS IMPORTANTE DO LIVRO, CHEIO DE FILOSOFIA, E INDISPENSÁVEL PARA A COMPREENSÃO DO UNIVERSO E DA VIDA EM GERAL

Já os piratas, diz-se, era antes por urros e blasfêmias que se entendiam; e bem se pode crer, mas não chegava disto nada ao alto do morro, onde os circunstantes não ouviam, só viam, e, pelo que viam, o resto adivinhavam: que se ateava fogo à ferraria, embora o próprio Moiro não surgisse; seja que o houvessem morto mesmo dentro, ou — prouvesse Deus — pudera escapulir! E já vinham feixes de seco mato que os malfeitores empilhavam com indiferença em torno do galpão.

Agora, antes que dêem curso estes façanhudos a seu desígnio, e deixem solta a primeira tímida chamazinha, que logo se espraiará por traves rústicas e espeques vários, até consumir por inteiro a ferraria — vamos pensar. Que aproveitaria a descrição de incêndio tão humilde? Por que insistir na destruição de um telheiro que nenhuma importância tem, nem mesmo, talvez, para esta nossa louca história, e em tal incêndio que não durou dez minutos, pouco mais sendo a matéria incendiada que paus fincados na areia, quatrocentos anos atrás? E que em toda memória ainda mais ligeiro se apagou, a ponto de não se entender quem depois de umas horas perguntasse: "e o incêndio?" sem detidamente explicar de que incêndio se tratava, e que incompreensíveis motivos tivera para o lembrar.

Acharia assim também o leitor? Pois exatamente porque não se interessou ninguém é que o havemos de lembrar. E recuperar a maravilha indizível das labaredas, ao envolver em elegantíssimas espiras a primeira coluna, e depois outras, como gloriosos capitéis de fogo. E após o amortecer da glória, o arrojo do fumo em golfões, recendendo a madeira do campo. Houve uns fios finos, que com tranqüilidade subiam, até enovelar-se em massa de volutas, e despenhar-se o emaranhado todo; e subiam novos fios tranqüilos, articulados em cotovelos como nem tão perfeitos sairiam da mais refinada oficina art-nouveau. Admirou-se então, alguém, na natureza inteira, ou ao menos naquela sua parte a dispor de olhos, e aparelhos admiracionais?

Não se admirou, não, ninguém. Menos ainda os piratas, animais estúpidos, como em geral a espécie humana, e as outras espécies quase todas. Pois se não lançaram os olhos uma vez, nem bichos, nem homens, para as pequenas fagulhas e a fuga alucinada em que se perdiam — do nada ao nada, em eras infinitesimais, do desprender-se até a última ruína — não admiraram esta pressa, o incomparável ardor de morrer! Não viram, não quiseram ver. E o incêndio prosseguiu sozinho, desperdiçando pelo ar seu esplendor.

Portanto, não incendiavam os corsários como pirômanos — que pervertidos filósofos são — mas à maneira de funcionários insensíveis: portadores da chama sem a compreender. Havíamos então de calar, e deixar também de ver — porque medíocres não viram? E descrever piratas, idiotamente iguais, malcheirosas nulidades? Deixemos os piratas, vamos ao incêndio, que deles foi obra involuntária, e aí não têm mérito algum. E os que lá em cima aguardam, no morro, em desespero? Que esperem, os do morro, pois o que se passa aqui embaixo vai acabar-se, e não se repetirá.

Que esperem, tolos insensíveis! Não sabem como se irisou de repente a madeira — nunca houve íris, nem água ou borboleta irisados assim. E deu-se num átimo, antes que fosse brasa (mas é tão rápido, quem pode mesmo acompanhar?). À borda do vermelho, que avançava, fez-se o verde, púrpura, carmesim, azul profundo, e no azul escondiam-se mares, piscinas, viagens longínquas em muitos barcos, e vôos até a mais pura atmosfera, com o infinito dentro, e felicidade sem fim. Tão microscopicamente, no espaço de um filmezinho ínfimo: Ora, antes que se encerrasse o segundo, perdera-se tudo dentro do vermelho triunfador. Quem soube? Ninguém.

E o perfume de lenha — quem a aproveitá-lo? Pois sabei que da mais odorífera canela eram feitas as traves, e também marcos e mourões, até a mais grosseira cavilha; e quantas árvores cheirosas por ali nasciam, no incêndio estavam representadas, em outras tantas vigas e caibros, e bancos tronchos, rudes armações. Do desacordo e dos destroços, agora na brasa irmanados como peça una, levantou-se então e fundiu-se a alma de todas as madeiras. Lançou-se ao espaço, invadiu a baixada com seu cheiro forte. Sabeis este cheiro qual era? Era o cheiro de pele tostada de sol. Era o cheiro de todas as raças que ainda haviam de nascer na Colônia. Era o cheiro de todos os mulatos do Brasil. O cheiro de camisa passada a ferro nas futuras cidades de Minas, e também nos subúrbios cariocas, quando era o ferro de engomar recheado a carvão, e se abanava com o chamado abano — e então era o cheiro da abanadora, da passadeira que se abanava a si própria — quem se lembra? Ninguém. Nos fundos da casa, entre mangueiras, pois não se lembram? Não, ninguém. E era o cheiro da Central do Brasil, desde a Estação Pedro II até os subúrbios. E do sabonete Palmolive, não o novo, mas o antigo, em papel crepom verde-oliva. E de todos os brasileiros, quando passaram dois dias no xadrez, no inferno, e voltam com cheiro de cinza e a humilhação tão funda que fazem só rir, mas ninguém nunca estranhou nada, e também isso é estranho. E o cheiro de todos os malandros e todos os trabalhadores, tanto os de canelas finas e arqueadas em O, como os de coxas lisas e musculosas, espremendo-se estas para fora do xorte desbotado. E possivelmente com listras vermelhas, o xorte, sobre fundo preto, ou marrom e cinza, por causa do desbotado. E o cheiro das delegacias e quartéis, quando se espalha pelas mesmas linhas da Central, e desembarca em certos subúrbios, subindo às favelas e conjuntos habitacionais assim chamados, onde se fixa definitivamente, mas já aí misturado a outros cheiros, todos eles representados no pobre incêndio que descrevemos.

Não estava, porém, representado o cheiro dos colonos, que exalavam leite azedo, nem o mofo e ranço de europeus sem banho, ou gordura estragada. Não estavam ali os chineses que cheiram a peixe, nem outros asiáticos, insulares ou marítimos, com cheiro análogo. Porque ali era apenas fogueira e cinza, o cheiro de muitos brasileiros que iam nascer.

Quem soube? Ninguém.

E agora vamos despedir-nos do incêndio, e suas maravilhas, tanto as simplesmente belas quanto as premonitórias, e lembrando que muitos pequenos incêndios há por aí, está havendo sempre, e talvez seja um erro desprezá-los: a eles ou qualquer outra coisa no mundo, por insignificante que pareça, sendo todas elas maiores por dentro que por fora.

XV

INSISTE-SE NO RETRATO PSICOLÓGICO DOS COLONIZADORES. MÉTODOS INDÍGENAS DE IDENTIFICAÇÃO DO CARÁTER. PARTICULARIDADES DIALETAIS ENTRE OS ILHÉUS

Voltemos logo aos colonos, e a seu drama. Lá no alto do morro pendurados — há tanto nos esperam. Vamos nos curvar também sobre este drama, afinal tão microscópico e frágil como outro qualquer. E igualmente infinito e portentoso, porque na realidade todos os tamanhos são iguais.

Os colonos, então, tremiam e choravam. Mas só por dentro, sem muito dar mostra, no que se conhecia serem ilhéus, pelo caráter, que mais semelhante ao de tapuios o tinham. E muito diversamente fariam outros brancos da Colônia, se em apuro igual, pois de hábito não se tolhiam, antes se exaltavam, colhidos pela desgraça, com patadas e urros, incapazes de refrear o abalo íntimo da carne, e emitindo poderosos flatos. Devido a esta mesma incontinência chamaram-nos os índios *p'poc*, que quer dizer, exatamente, "flatos".

Pelo odor, intensidade e timbre, distinguiam também certos indígenas entre os flatos, e sabiam reconhecer o caráter das pessoas conforme os gases que exalavam. Foi muitas vezes o que os salvou da destruição, frente aos colonizadores que pela flatulência se deixavam desmascarar, malgrado uma blandiciosa conversa a propósito de Cristo e de el-Rei, nem tal conversa os livrava de se classificarem, graças à modalidade dos flatos, na categoria de "ignorância, baixeza de caráter, e irrefreável tendência ao genocídio". Tudo isto diziam os nativos, em suas línguas, muito rudimentares, com três sons ou quatro; pouco, mas o bastante para encherem-se de prudência, e demandar o sertão.

Ora os ilhéus, dizíamos, não faziam como outros. Por certo que gritavam e choravam — e assim faz qualquer um — mas com a diferença que não era o primeiro grito e choro a vir de dentro que mostravam, pois a este não deixavam sair (e transformava-se em pequenos gestos como mexer as ancas, ou torcer o pescoço em surpreendente giro de cento e oitenta graus); porém um segundo grito e choro, já então resultante do esforço da vontade, e ainda assim buscando reproduzir, na apaixonada graça, o rompante do início. E vinha o choro em meio a belas frases, como só ilhéus as sabiam construir, e algumas delas registramos, para uso e estudo de quem nos lê, sendo para enunciar-se acompanhadas de giros do pescoço, e meneios do quadril:

— Ora e pois, senhor, hemos de morrer. Ai, ai, e ih!
— E ora que morrer hemos!
— Ai, ai, ih!
— Morrer-nos-hemos pois, ih, ih?
— Pois hemos!
— Ui, ufa, ui!
— Ih! ih!

Não está aí um grito do coração, grito espontâneo? Faz mal que seja apenas cópia? Pois se cópia é, houve necessariamente um original, queixa sinceramente arrancada das tripas dos ilhéus, e, ao imitar sua própria queixa, não, não fazem mais que imitar-se a si mesmos, ainda com a vantagem, senhor, de com mais arte, e é lícito, ora pois ih ih.

Tanto se queixavam, estes chorões, da morte que se avizinhava, e a tinham como certa, que se esqueciam de vigiar os delinqüentes por mãos de quem ela viria. Assim não repararam quando o bando corsário estacou, depois de incendiado o telheiro, e em vez de seguir à frente, rumo ao povoado, tornava atrás, de volta às embarcações.

Portanto, retirava-se o invasor. Estavam salvos os colonos, mas disto não sabiam, e compraziam-se ainda, por tortuoso pendor de espírito, nos elaboradíssimos lamentos:

— Ora, e ai, ai!
— Pois ora.
— E ui, ui!

Ora, um deles, resolvido a ali mesmo dar-se fim, e que despenhadeiro abaixo ia atirar-se, tendo preparadas certas palavras finais que, por artes da eloqüência, eram para dirigir-se aos corsários, lá bem distantes, na planície, foi então buscá-los com os olhos, e nada achou.

Pois não é que lamentou ainda, por um pouco, não ter a quem destinar as palavras, que belas realmente haviam de ser, como não? e mesmo um tanto quis mudá-las, para que agora aos companheiros se dirigissem, por corsários não haver, e, afinal, do que ocorria se deu conta: retirada, incrível, dos marotos, a salvação geral! Mas, embalado no projeto de morrer, não era fácil, tão de súbito, abandoná-lo, e o feliz evento foi para ele decepção. Da mesma forma aos outros desgraçados, bem que à retirada assistiam, custava-lhes crer, porque já a idéia da morte, a bem dizer, havia entrado neles.

Foi então preciso que expulsassem o pé àquela morte que entrara, e isto algum tempo demandou (pois não gritavam e choravam as crianças, a tudo empecendo e agravando? por que há de haver crianças?), mas à morte, enfim, tentavam repelir, exatamente aos repelões, e com ousadas torções de espinha.

Por longos minutos agitaram-se, convulsivamente, ao fim dos quais consumara-se o exorcismo, e sentiam-se vivos, como sempre, vivos, sem morte alguma sobre os ombros. Aí, somente aí, puseram fé no que pelos olhos já penetrara, mas não lhes chegando ao coração — que a morte ocupava — e reconhecendo estarem salvos.

XVI

COMEÇA A DESCRIÇÃO DO CÉU

Que alegria, que fervor incendiou então suas almas, deslumbradas ante a nova bênção de Deus! E foi no meio de tanto regozijo que baixou do alto bênção maior ainda, maior que qualquer outra jamais concedida aos homens na terra: a visão do Céu!

Neste ponto, emaranha-se nos dedos o lápis, ou lá o que segurem; demasiado é o temor, maior a inépcia, no descrever tão alto vôo. Valha-nos isto como atenuante circunstância, que nem os próprios videntes sabiam a princípio lembrar-se do que viram, tamanha a fome de que eram possuídos; vieram depois, tartamudeantes e contraditórios, lá cada um com a sua lembrança pessoal, e umas das outras tão radicalmente diversas, que sequer da mesma visão pareciam haver desfrutado. E não foi senão passados muitos dias que se puseram todos de acordo, resultando a versão em que me tenho fundado, já esta definitiva, com relato firme e verdadeiro da maravilha de Deus.

Pois se tão grave é assim e aprofundado tal assunto, que a todos confunde ou estupora, não admira que temamos, ineptos, desmerecê-lo. Perdoai, perdoai, que, com tão passageiras palavras, como as nossas são, não se há de bem descrever a eternidade. Relevai, e sabei que, para quantos ali se encontravam, deu-se o que é incognoscível a conhecer.

No entanto, logo quando ia a visão tendo início — é assim

tão indigente e baixa a condição humana! — embora com tamanha liberalidade se escancarasse o Paraíso, e no que pese a ânsia dos terrenos em devassá-lo — ainda assim eram terrenos, quer dizer, moviam-se sobre a terra e, estando o Céu exatamente por cima, de seus habitantes só podiam divisar a sola do pé! Os pés de Santo Humberto e Santo Eustáquio (digamos por exemplo), dos quais, sendo patronos dos caçadores, deles mais não se discernia que a sola rija de couro (que botas de caçador usavam) e, de relance, mesmo, por fortuna, algum tanto do cano dessas botas! De incontáveis mártires, que no martírio andaram sobre brasas, entre calcanhar e artelhos percebiam-se ainda feias e notáveis cicatrizes. Se não chegavam os videntes a descobrir solas metálicas, como haviam de ser as de São Jorge, em sapatilhas de ferro, nem porventura as patas peludas do dragão, ali andavam, grosseiros e calejados, os pés de São Cristóvão, este grande viajor, e que naturalmente viajava descalço, ou não se encontrariam os pés naquele estado. Mais que tudo encantava, porém, e, graciosa, refulgia, pequena lua entre nuvenzinhas, sob os pés miúdos da Imaculada Conceição.

 Não era tudo novo o que se via, assim o quero crer, mas, inegavelmente, ali a Igreja triunfante triunfava, e venha de lá mais triunfo, e deleitavam-na todas as belas regalias do plano sobrenatural. Era, de qualquer forma, para os que contemplavam, insuficiente, por mais que houvesse baixado a corte celeste, a tão pouca altura — e tão próximo aos mortais (estes, já bem elevados, pois em cima do morro), que nas plantas dos pés celícolas se podiam detidamente perscrutar, com aplicação de quiromante, sulcos e toda espécie de linhas. Mas insuficiente, insistimos, considerando a importância e renome dos personagens que no Céu havia, mostrá-los por parte tão insignificante quanto os pés, o que pareceram compreender os moradores do alto, pois já em massa se deslocavam, recuando um pouco, e de modo a deixar-se ver, assim mais ou menos como em poses fotográficas, quando um time ou grupo se retrata, e sempre apontando, na posição designada a cada um dos figurantes, para hierarquias de importância fundamental.

Colocou-se, assim, Deus, em nuvem mais alta e mais redonda, fazendo patente sua precedência com relação a anjos e santos, e da qual não abriria mão. Acotovelavam-se os outros — eu aqui, tu ali, ego autem... — possivelmente cochichavam em latim, mas não se conseguia escutar, e apossava-se cada um de uma nuvem, dentre as disponíveis, algumas vezes dividindo-as, ou oferecendo a metade com sorriso gentil, ou não seria ali o Paraíso.

Dispostos, enfim, os personagens de alto a baixo, conforme os graus de beatitude respectivos, e corretamente assentados nas nuvens, ou na sua cada um, viu-se que Deus irradiava denso chuveiro de ouro, e no atravessar as nuvens vinha produzindo reflexos de prata antiga e límpido azul-turquesa, com sedosos coalhos, esparsamente, de madrepérola, prolongando-se esta chuva de luz até o chão, onde se sentiam os videntes como que transfigurados. Não conheciam, por certo, mil artifícios cromáticos nossos, estes que luz-negra chamamos, ou pisca-pisca, e raios laser, ou por aí, e, se os conhecessem, mesmo assim haviam de pasmar com os recursos divinos, muito superiores.

Ajunte-se que, no suceder de jorros coloridos, em que se esmerava o eletricista divino, iam brandindo os mártires, ostensivamente, para edificação dos homens do Povoado, variados instrumentos de martírio por obra dos quais lograram penetrar no Céu, e a que chamavam as suas "chaves", por isto mesmo. Sacudia cada um sua "chave" acima da cabeça, e apontava-a sorridente, havendo ainda os que se jactavam de possuir várias "chaves", e num só molho as exibiam. Nenhum, porém, tantos olhares atraía, como São Diniz ou Dionísio, que nas mãos a própria cabeça elevava, tendo-a, como se sabe, separada do corpo, assim carregando-a sempre, e é cultuado este santo, não sem motivo, como padroeiro dos loucos. Por esta razão, também, muitos por este nome chamados, se não são loucos, algo terão a ver com a doidice, ou a favor ou contra, tal outro Santo Dionísio, Aeropagita por cognome, que, dado a freqüentar praças públicas, a esta loucura juntava a de apreciar discursos; do que lhe sobreveio, tendo nascido grego, ouvir discursos sobre um Deus judeu e a ressurreição dos mortos; e sendo ele o único a não rir, foi considerado pelos outros louco, mas, pela Igreja, são e santo, e loucos os outros, estando por ora empatada a questão. E dizem alguns ser este Dionísio anterior ao primeiro, e provir a insânia, em ambos os casos, de um grande e inicial Dionísio, que se há de grafar sem o derradeiro "i", anjo do desvario, bêbedo de uvas e poesia; mas não é de crer-se, residindo este último, alternativamente, sobre o monte Olimpo ou na Índia, lugares não reais e palpáveis, como o Céu, mas imaginários, frutos da invenção grega, pura superstição. Certos Dionísios não trazem em si a demência, mas sabem curá-las ou, pelo menos, tornam-se psiquiatras, eventualmente redigem a seção de Horóscopo nos jornais. Há por fim os Dionísios que tendem a virar a realidade de cabeça para baixo, vendo as coisas, portanto, sempre ao contrário do que elas são, e acreditando pela vida afora em todas as mentiras que ouviram na escola primária, porque as entenderam como verdade, sem captar a ironia sutil, ou desesperada, dos professores primários; estes últimos Dionísios é que são realmente loucos, e por ter a cabeça no ar procuram fazer o mesmo às dos semelhantes, separando-as dos respectivos pescoços.

Dirá, quem menos informado, não serem Dionísios, mas os Erasmos a ter parte com a loucura, e provará com aquele de

Roterdão, que fez o elogio dela, e alguns temperamentos artísticos ou originais que pelo mesmo nome atendam, talvez até outros sábios que se finjam de loucos para o não ser, e enfim os policiais Erasmos, verdadeiramente loucos, ou favorecedores de homicidas. E que mil homônimos se apresentem, mas baldado é, estando eles sob influência de outro patrono, o extraordinário Santo Erasmo, tendo este santo os intestinos, não no ventre, como poderíamos esperar, mas fora, em um cabrestante, que vem a ser um molinete para puxar âncoras, e nele traz as tripas enroladas como linhas de pescar. E assim como carrega o outro sua cabeça, faz-se este sempre acompanhar de tal molinete, e os intestinos como apêndice, quero dizer, anexos, em localização externa, pelo que preside o mesmo santo, muito compreensivelmente, às dores de barriga. Ora, por tal través se há de resolver a questão dos Erasmos, que padecem, no geral, de incômodos digestivos, e chegam, os de pior índole, agravando-se-lhes o mal, à beira de enlouquecer e querer matar, pelo que são ditos de maus bofes, quando se deviam dizer de mau bucho. Já os melhores Erasmos, bem ao contrário, transformam em observações fisiológicas e religiosas seu sofrimento; assim o de Roterdão citado, que se queixava de ter o coração católico e o estômago, no entanto, protestante, quer dizer, que protesta — e protestava, naturalmente, doendo.

XVII

CONTINUA-SE A DESCREVER O CÉU

Mas insistia, cada um dos mártires, em todas as atenções atrair para seu particular suplício. Então, com entusiasmo, brandiam cutelos, ainda sangrentos, de carrasco, e ferros e ferrinhos de tortura, alguns em brasa, grande cópia deles, como também tições, lanças pontudas e chumbo derretido, gelada água, óleo fervente, punhais e ganchos de que pendiam martirizados testículos. E, mais, facas de esfolar, escalpelos; bem como clavas, macetes, e tenazes que arrancavam dentes, unhas, mimosos seios.

Trazendo às mãos tições e estas tenazes, adiantou-se por fim Santa Apolônia, de todos já conhecida, no Povoado, mas agora nos lábios vinha trazendo um sorriso — ainda que modesto, triunfante, como significando ser aquele um dia todo seu, e outros santos o admitiam, parece, de bom grado, recuando um pouco mais e amortecendo cada um seu resplendor, para que o da grande santa brilhasse mais.

Não falou ela nada, durante longo intervalo. Perceberam os videntes qual a intenção desta sua pausa, que era contemplarem com êxtase, e extasiados contemplaram. Contemplaram, a saber: a massa luminosa de nuvens e bem-aventurados, trespassados por raios de luz divina, os quais já descrevemos detidamente; entremeando a massa toda, profusão de rosas, cravos e margaridas, e miosótis de delicado azul, caindo interminavelmente de um ponto do quadro acima do próprio Deus, ficando por determinar quem os estaria a esparzir sobre o cenário, ia dizendo palco, sendo certo que nada existe, no céu ou na terra, que se situe acima de Deus; as extraordinárias chamas de amor divino, que irrompiam como um jato a cada arrebatamento do coração de Deus, de seu grande peito espalhando-se por todo espaço visível, e ameaçando tudo consumir, mas em vez de cinza, quando arrefeciam, era brilho renovado e limpeza que deixavam após si, em todos os rostos celestiais; festões e folhagens de lustroso verde, por anjos transportados, ora vejam, igualmente lustrosos; e os mesmos anjinhos, ao atravessar a cena, incessantemente, com visíveis intenções decorativas, a desfraldar bandeiras, a empunhar estandartes e faixas repletas de inscrições em latim. E era enquadrado o todo por altíssimas e poderosas cornijas, e abaixo delas capitéis, das ordens compósita e coríntia, estes encimando fustes colossais que chegariam até a terra e chão a dentro penetrariam, se conservadas as corretas normas gregas de proporção; não obstante, emergiam de gordos tufos de nuvens, à direita e esquerda do espectador, no primeiro plano, mas muito acima do solo, em franca levitação. Já nos serenos beirais, e acima das cornijas, pombos, pombos de puríssima alvura, emanações do Espírito de Deus, passeavam entre avencas e samambaias. Ó samambaias celestes, que tão imensas eram, a ponto de desabar sobre as colunas, quase ocultando-as com seu leve rendado!

XVIII

OS GESTOS DO CÉU

E agora os gestos. Como descrever gestos que se esboçam no Céu, em plena eternidade, sendo tal coisa, gestos, por natureza efêmeros e transitórios? Serão gestos especiais, muito diversos dos que no mundo ensaiamos, belos que sejam. Não mais que tênues reflexos dos grandes gestos-arquétipos, estes só praticáveis no Céu.

Pois praticavam-nos os eleitos, e com abundância. Bastou que se interrompesse aquela pausa, à contemplação destinada, para que imediatamente se pusessem a mexer os bem-aventurados, lá como nas poses fotográficas, depois que se disparou o clic, e os fotografados tornam com alívio à vida instantânea, esta, sim, difícil de contemplar. A eternidade, sabe-se (ou acreditam alguns), não consiste numa pose, mas em instantes simultâneos, em número infinito, e de infinita duração. Por isto os obscuros heréticos Anaparaplégicos — tão obscuros que se supõem inventados pelo falecido Jorge Luis Borges, e sub-repticiamente intercalados por este escritor em edições paralelas da Enciclopédia Delta-Larousse, com a óbvia cumplicidade do Prof. Antonio Houaiss — ao aludir à vida celestial, falavam, não em Visão Beatífica, mas em Memória Beatífica, significando que à memória, e não à visão, correspondem, embora de modo imperfeito, aqueles atributos da Eternidade. Só na memória, de fato, são os instantes simultâneos e duram indefinidamente, assim como nela podem acumular-se em número infinito. Por isto, ainda, usavam dizer, os mesmos hereges, "subir aos céus" em vez de "lembrar", e davam-se a extraordinárias "sessões de recordar-se", nas quais, admite-se, chegaram ao extremo de recordar o futuro e, mais difícil ainda, sentir o presente como recordação. Destes hereges, porém, ninguém mais se lembra, e possivelmente esqueceu-os, um dia, o próprio Borges.

Mostraram-se, de qualquer forma, especialíssimos os gestos do Céu. Nem era a reta o laço natural, como na terra, entre dois pontos, estando-se ali no sobrenatural, mas um leque de infinitos caminhos alternativos que de ponto a outro se estendiam, e resultavam todos, indiferentemente, ou mais curtos ou mais longos, pouco aliás importando tomar o caminho mais curto quando se tem a Eternidade inteira para caminhar. Por isso os gestos ondeavam, seguiam mãos e dedos imprevisíveis roteiros. Da cintura até a cabeça, digamos, para ajeitar uma coroa ou tiara, descreviam as mãos três vastos círculos até o joelho; daí, displicentemente, tocavam com o dedo médio os cílios, resvalando até o lóbulo da orelha, enquanto lá o polegar ia afagando o pescoço, feito o que, voltavam à cintura, quebrava-se o cotovelo para fora e de repente, não se sabe como, já estava a mão lá em cima, na cabeça, onde queria chegar.

Mais que outro gesto, impressionava o de clamar aos Céus, pois era justamente onde se encontravam ali todos, nos Céus, e então faltava-lhes um ponto definido para onde clamar, desdobrando-se os mesmos Céus por qualquer lado à sua volta; e daí que clamavam a esmo — ó Céus! ó Céus! — volvendo os olhos e braços em todas as direções ao mesmo tempo, do modo mais dramático que se possa imaginar, para o alto e para baixo, à direita e à esquerda, e à frente e atrás, resultando as mais vibrantes interpretações de sentimento jamais encenadas em palco, celeste ou terrestre.

Conta-nos, ainda, nossa versão do milagre, como se reviravam os olhos no Paraíso, e com que encanto, ora lacrimejantes, ora de incrível limpidez, e mesmo as lágrimas cobriam os olhos de um fulgor transparente, a ponto que se tomavam por rútilas águas-marinhas. E, enquanto moviam as cabeças oscilações milimétricas prodigiosamente expressivas, e às vezes grandes repelões de espanto ou felicidade, as mãos — ó, as mãos! — flutuavam e vagavam, quebrando-se todas para trás sobre pulsos de geléia, no auge da graciosidade, e o indicador apontava delicado para a frente, o pai-de-todos para baixo, e o dedo mindinho petulante, audacioso, teimava em erguer acima de todos os outros sua cabecinha mínima, como nas pessoas sensíveis quando seguram a xícara de café, e nisso mostram uma natureza celestial ou aérea.

Nada, em resumo, poderia igualar tamanha elegância como a dessas mãos e braços desvairados, tomados da incrível emoção de estar no Céu; embora na terra professores, em aulas de balé, tentem forçar dedos e mãos de alunas a posições que apenas ridiculamente imitam essas do Paraíso.

Pintores piedosos, também, hão de ter tido à vista o relatório dos videntes, e há de ter corrido em cópias múltiplas pela Colônia e Reino, de onde passou acaso às nações, sendo disto indício a multidão de obras, nas artes e na Religião do século, que de algum modo o repetem, ou nele tomam inspiração; seja ao representar o espaço do Céu, nos tetos das naves, tal como o viram os homens do Povoado, seja no relembrar em telas aquela suma graça e esplendor de movimentos que observaram os colonos — e assim o referiram — neste Céu. Não viram, então eles, o Céu tal como a época o imaginava (e isto poderia julgar o perspicaz leitor), mas antes a época imaginou o Céu tal como eles o viram, por feliz provisão de Deus. E foi este modo de representar, na

História das Artes, o estilo que se chamou barroco, não se originando portanto, tal barroco, de inclinação natural dos homens, ou do século, mas, diretamente, da revelação de Deus. E isto bem se vê das particularidades barrocas chamadas — os maneirosos gestos, um dedo mindinho que se levante e o patético mover dos braços, o mover-se tudo. O frenesi, a abundância, a demasia: que é isto senão o próprio Céu, como nos testemunharam os colonos? E os gordos anjinhos, as lágrimas, os deslumbrantes matizes, os raios de luz! E as gordas nuvens entre colunas, e os capitéis ciclópicos, o excesso, a loucura, o esplendor? De duas uma, sim: ou o Céu inspirou-se em tal barroco, ou se inspirou o barroco no Céu. Sendo o Céu, dentre os dois, o mais antigo, há de caber-lhe a precedência, e fica provado ser o barroco de origem divina; tal como os monarcas absolutos, as Sagradas Escrituras, o poder dos papas e mesmo, na Igreja, a tradição oral. Acertado isto, voltemos, como de hábito, aos colonos, e sua feliz visão.

XIX

APOLÔNIA

Decorridos, digamos, 27 minutos na Terra, ou 32, ou 7 e meio, que bem pouco nos importa, e terminavam já de extasiar-se com a glória do Céu. Moveu-se lentamente, então, Apolônia, era como o mestre-de-cerimônias neste sublime auditório, o mais seleto que se possa imaginar, se presidido pelo próprio Deus! Entenderam os videntes que algo se preparava, notável, realmente, a considerar-se a grave contenção de Apolônia, e as luminosidades que pelo rosto lhe passeavam, faiscando nos cabelos de bronze. Tão firmemente ondeados e laqueados, tornavam-se retorcidas jóias ao faiscar.

Belíssima Apolônia! Nesta hora em que apontavam para ela todos os brilhos e fulgores do Céu, em que resplendia sua glória mais que todas as outras — e tantas havia, no Paraíso — ainda aí se sentiu como nem a vaidade a movia, nem o estranho gosto do martírio, que tantas nobres mulheres impele à mortificação — sua ou alheia; mas pura e simples obediência ao Dever, tal como transmitido lhe fora, e do mesmo modo o passava a transmitir, Dever claro, concreto, incontrastável. E não se encontrava nela vício, nem marca de hesitação no cumprir deveres, como também não arrogância, nem orgulho ou consciência de si. E era, o rosto viril, não ao modo de virago (fêmea bruta, esta, mas verdadeira fêmea, em que o agressivo pendor das fêmeas mal se esconde, antes se degrada, por faltar-lhes força, em atrevidos insultos) mas ao modo de varão, sim, incontestavelmente homem: no desamar gritos e desavença, no ponderar discreto, no saber-se forte, sem feminil ostentação de força. E na transparência de intenções, nisto mais que em tudo, via-se ali o homem, sem a tortuosidade dos viragos, nem a sua mente dúplice, e tríplice, em permanente estado de traição. Olhai o Paraíso: notai que eram ali todas as mulheres um pouco à feição desta Apolônia, e nem traço de agressivos viragos se mostrava, do que se conclui serem destinados estes à perdição, não ao Paraíso. E consiste seu tormento em conviverem uns com os outros pela eternidade afora, sem a visão de um só verdadeiro homem, lançando-se às trevas, dentre os homens, justamente os que a viragos se assemelham, pelo egoísmo e escandaloso gosto de agredir, brutalizadores todos, e recrutados dentre as várias classes burguesas, civis ou militares, mais os proprietários de empresas de construção, ou imobiliárias vorazes, alguns executivos, certos policiais torturadores e jornalistas, gananciosos agiotas e motoristas de táxi, e ainda os chefes políticos do sertão, até do agreste. Em círculos especiais encerram-se então, por ordem divina, os viragos de qualquer sexo, uma vez falecidos, e torna-se o local fechado onde convivem, no rigor da palavra, um Inferno.

Pois agora, quando para Apolônia se voltam os olhos todos do Céu, e ainda de quebra os do Povoado, deixemo-los, todos, por ora, de olhos voltados, e deixem-se assim quedar-se por quanto tempo se faça necessário, para mais um pouco nos informarmos sobre tão esquecida santa, hoje confinada às páginas, igualmente esquecidas, dos missais; e para lançar alguma luz, também, sobre a pessoinha desta gentil Duquesa, fazendo-a, pelo mesmo passo, misteriosa um pouco menos, e mais clara um pouco esta interminável história que ainda tendes a bondade — ou teimosia — de ler. Ao Céu tornaremos, grande que seja a demora, quando preciso for, que lá está ele — não vai fugir — à nossa espera, e não havemos de correr pois não vai acabar-se — é eterno.

XX

CONTA-SE QUEM ERA A DUQUESA

Apolônia, dizíamos, em sua seriedade muito diferia de qualquer virago, por interessar-lhe o fiel cumprimento de obrigações, não o engrandecer-se, ou humilhar homens. Assim como em vida, também depois de morta, e em meio às alegrias do Céu, porque cumprir o devido tornara-se mesmo em essência sua, e fonte de abundantíssima satisfação; e não lhe furtaria Deus este prazer no Paraíso, onde não se tolera qualquer ausência de prazer.

Seguia, então, à procura de obrigações a cumprir. Tendo-as, porém, cumprido todas, e não se inventando outras novas no Céu, pediu que se lhe dessem almas na Terra a orientar, dirigindo-as para a estreita observância de deveres. Deveres na Terra — quem o nega? — sobejantes, e era-lhe bem grato modo de passar a eternidade, o constantemente lembrá-los.

Pediu tais almas, e as obteve, almas de escol, como dizia, uma em cada século; e aconteceu de encontrar-se entre os eleitos nossa fidalga, acaso a mais dileta entre as filhas espirituais de Apolônia (pois sempre mulheres Apolônia escolhia, mais ou menos viris). Ora soube a moça de tal honra quando se banhava — costume ousado no século — após a inspeção das cavalariças. Apareceu-lhe a Santa, estendendo-lhe dourada toalha, mas onde cintilava uma gota de sangue. "Limpa ficarás" — asseverou — "e de toda a alma, se, desde agora, montares o cavalo do Dever!" — E, passando-lhe a toalha, "enxuga-te" — disse ainda — "e sabe que é esta uma Toalha da Honestidade para com o Dever, e toda lágrima enxuga, pelo que desde agora não chorarás. Mas com sangue, no fim, poderás molhar-te."

Iluminou-se ante essas palavras o rosto da Duquesa, alma singularmente atraída por toda espécie de desafio. Nem a insinuação de um fim cruento levava-a a recusar-se, pelo contrário, esporeava-a no mais íntimo de sua paixão. Pois era esta fidalga nutrida desde o berço com fabulosas histórias de Cavalaria, tal como o Quixote o fora, e desfiava-lhe a ama extraordinárias cantigas de ninar que não sobre lobos ou casamentos versavam, mas sobre vistorias do Reino contra a mouraria. E cantava-lhe a tomada de Ceuta, e como se tomou Arzila, e como se vazavam os olhos aos infiéis mouros, e as insuperáveis chacinas da Índia — todas as glórias do Oriente.

Já sendo órfã a menina, e criação de tios, era-lhe também pelos ouvidos enfiada a glória desses tios. Sabia, pois, como se distinguiam, na paz e na guerra, por notáveis gestos de heroísmo; com o que, à falta de grandes vitórias, tornara-se, a sua, a família, no Reino, mais pródiga em grandes gestos, contando-se deles às dezenas e centenas. E vinham muitos rememorados em brasões, com frases latinas igualmente altivas: *quas bibit harenas*, em lembrança de um que engoliu a areia do marroquino deserto, desejando provar que não desfaleceriam seus homens à sede, perseguindo os mouros, pois beberiam o deserto; *se nasus quidem eum a bello faciendo deteruit*, a um outro recordando, jovem e excessivamente formoso, que o nariz arrancara, desfigurando-se, para que o não tirasse de servir ao Reino "o destemperado alvoroço das mulheres", em torno dele sempre a o atentar.

Sabia, finalmente, a donzela, como na malograda campanha de África, se tinham batido os seus, e histórias do areal e do desastre tendo ouvido desde cedo, esperou, esperou, como ninguém tão ansiosamente, no inteiro Portugal, que retornasse o Desejado à pátria — flor do Reino, que todos os sonhos habitava, o louro, gentil Sebastião.

Assim, para a serviço da Pátria criada, a quem admira trazer a donzela ao peito, uma paixão que à da Pátria se assemelha — a do Dever? Pois no que lhe fizera a Santa sua proposta, logo se lhe inflamava o peito, e, ao perguntar-lhe a aparição: "quere-lo?", já arrebatadamente respondia: "quero-lo!", errando o pronome, tropeçando no balde, confundindo tudo, mas cheia de entusiasmado arrojo nas entranhas.

"Pois agradeço-to e abençôo-te", concluiu a Santa, que muito melhor empregava os pronomes. E quedou-se em sereno júbilo, diante da alma que elegera.

Ora, teria sido compreendida Apolônia? Se exaltada paixão do Dever movia agora a dirigida, entrava acaso a paixão nos cálculos da diretora? Note-se que não falara a Santa em paixão, mas tão-somente em Dever (pensando por certo em deveres) e, quando muito, mencionando cavalos e toalhas, coisas porém simbólicas, que tanto querem dizer isto, como aquilo, segundo as conveniências do freguês. Mas não tocara em paixão. Se era Apolônia inclinada a cumprir deveres, fazia-o, sabemos, pelo modo despretensioso, como austero homem — sem paixão. Não se queria Apóstolo do Dever, bem que o fosse, e porque se apagava a sua pessoa diante desses deveres, sem tomá-los como disfarce, capciosamente, para, em nome deles, gloriar-se de mandar. Não de paixões cogitaria, portanto, antes lhe parecendo o arrebatado transporte como que excessivo, ou suspeito. E cheirando a presunção, ao invés de modéstia. Não a obediência, mas a sonhos de glória pessoal.

Maravilha é que não captasse Apolônia bem a alma da eleita,

e como da sua diferia pelo natural sôfrego, pronto a exibir-se. Quem a não vê-lo, se explodia a fidalga em declamações, até aos soluços, ouvida a Padroeira, e dela recebendo a honrosa vocação? Era isto Apolônia, a severíssima, a asceta? Não. Era a duquesa, bem diverso espírito e pessoa. Quem a não vê-lo? Não o via a Santa, persistindo esta em confiar, e enganar-se.

Enganou-se quando primeiro apareceu à escolhida, enganou-se, mais tarde, muitas vezes, quando tomava por simples e honrado cumprimento do Dever, na moça, o que era sonho de glória, românticos arroubos, e se enganaria sempre, até o fim, por mais que a agredissem os fatos a se bater, espernantes, contra tamanha cegueira. Irredutível esta cegueira, assim como irredutíveis eram os fatos.

Cogitais por certo que — para alma tão elevada, qual esta Apolônia — bem escasso parecia o seu entendimento das coisas — e não direi que não — e mesmo sua percepção singularmente obtusa, ponta rombuda pela qual se terminava um fino espírito. E é para admirar-se, posto que aconteça. Mas haverei de lembrar que não é outro o equívoco pelo qual ordinariamente se unem mestres a discípulos, nem estes se pode pensar que traiam, ao deturpar o mestre, em sua doutrina, pois deste já divergiam antes, mesmo sem o notar, e foi primeiro o mestre, em seu apressado julgamento, quem aos discípulos deturpou. Assim será talvez sem utilidade qualquer mestre, a não ser por isto que serve para o deturparem discípulos, e por este modo pensarem com suas cabeças, o que bem lhes parecer.

Levava, por outro lado, Apolônia alguma culpa, se a não compreendiam, pois tampouco se explicava bem, e, querendo a duquesinha certificar-se, mais esmiuçadamente, que coisa seria este famoso dever a que a convocavam (e que só muito pelo vago imaginava, bem que o tivesse aceito por antecipação), indagou se não era devotar-se a Deus, acaso à própria Apolônia, ou outra devoção qualquer, ouvindo então de volta esta tão severa sentença:

"Primeiro a obrigação, depois a devoção."

E, insistindo ainda, conseguiu, só isto, que suspirasse Apolônia (já irritada o seu poucochinho, na ânsia de tornar ao Céu), enquanto uma última verdade, irretorquível, lhe saía dos lábios:

"Deus é o Dever."

E ponto final.

Calou-se a moça (e de nada valera continuar, pois estava a sós, tendo-se retirado a Padroeira de súbito para as alturas) e permaneceu para sempre desinformada quanto ao supracitado Dever — livre, portanto, para entendê-lo como bem quisesse: eis aí a utilidade dos mestres.

E veio a entendê-lo, em suma, da forma como desde sempre lhe haviam ensinado, que era o Dever de todos salvar o Reino, ora estorcer-se e agonizar em mãos de Espanha, sob estranho rei. E lá, enquanto isto, ir combatendo mouros. Terríveis mouros, dos quais nada sabia a moça, mas a quem odiava com todas as forças do coração.

XXI

COM SONHOS, NÃO COM SOPA SE ATRAEM OS MANCEBOS. CONSIDERAÇÕES SOBRE OS MOÇOS E SEU OCO CEREBRAL, O ORGASMO QUE PROCURAM, DO TAMANHO DA MORTE

Sendo baixota, a fidalguinha, ainda que belicosa — e já gordalhufa o seu tanto — não se diria apropriada a salvar reinos, por mão militar menos ainda. Vestiu, porém, couraça rija (e também volumosa e larga) e o que lhe faltava de força sua achou de suprir com força alheia. Veio-lhe daí o costume, que bem notastes, de rodear-se por pajens — eram, em verdade, soldados futuros de um duvidoso rei, ainda por existir.

Vários desses pajens recolheu por vilas e aldeias, para que fossem como seu braço; mais do que escolta, semente de um exército libertador. Jovens todos, belos — por que não? — de destreza e coragem, mas nenhum lograva recrutar dentre as sólidas famílias do Reino, aquelas Casas que não se davam, como a sua, a grandes gestos, e que por isto mesmo se viam sólidas.

Eram, então, os homens que à fidalga serviam, de pequena nobreza, e ainda menor cabedal. Não sendo também amplas as posses da moça — devido à incúria dos tios, cujos grandes gestos não se consumavam sem grandes gastos, e pouco entendiam de gerir terras — sustentou ela a estes jovens bem mais com sonhos que com sopa. Barões havia ali que nem três vezes em toda uma semana comiam. E esmoreciam, na paixão de servir? Bem ao contrário, redobravam-na e, mais ardorosos que nunca, esperavam a hora de tomar o Reino ao espanhol.

Estranho fascínio, o dessa encorpada duquesinha, e ainda mais estranha mocidade, que tudo dava, sem para si nada querer! Que abandonassem tais jovens os prazeres da idade, quem havia de crê-lo, para só a esta empresa se aterem, como se resumisse ela o encanto de jogos, torneios, bailaricos, namoricos — e quantos mais desfrutes reservasse aos moços o doce Portugal!

Mas pode ser que não vissem passar as horas, em tediosos serões de castelos e quintas. E outros, que não eram nobres, na noite das aldeias, quando nem sequer um riso, por janelas aldravadas, acontecia de escapar; e no arruado deserto cachorros latiam, só. Ou então, nas praias do reino, jogando a linha aos peixes, enrolando-a em carretéis, desenrolando-a, com largo gesto. Infinitamente graciosos. Profundamente estúpidos.

No oco cerebral, pode ser que se acendessem músicas de repente, e um certo compasso morno o fosse estonteando mesmo até entrecerrarem-se os olhos, e a mão descer aflita, mas encerrava-se o langor com idas ao celeiro, e mulheres casadas o encerravam, e ainda assim algo se perdera entre o desejo e o gozo, que não tivera resposta, esse algo, na maciez das casadas e montes de feno. Ou não tendia o desejo, na verdade, à maciez, mas à terrível dureza que chamamos morte. E o desejo da morte não se sacia: esquece-se, depois do gozo e da maciez; por algum tempo apenas, quando se é jovem assim, e não chega o esquecimento a consolidar-se como em varões maduros, divorciados da morte, e aos quais já basta a maciez.

Por algum tempo apenas, quando se é jovem; e lá vinha o inseto imperceptível, mais uma vez, fazer-se lembrado, ânsia de morte, que percorria as veias e os miudinhos capilares, lançando-se em incursões ao cérebro bronco, onde explodia num "pluft", e desencadeava-se o langor com a musiquinha. Fechavam-se os olhos, dormir-morrer-sonhar-quem-sabe; e já não valiam casadas nem o celeiro, espasmos sucedâneos, pois muito maior orgasmo se exigia, do tamanho da morte.

Como não se encaminhava tal desfecho, então, nos arruados desertos, pescarias, serões, ficava o desejo suspenso como um gancho, pronto a enganchar-se no que quer que prometesse morte.

Ora deu-se que percorria a Duquesa campos e aldeias, e todos os castelos, à procura de homens para a Empresa, e foi esta a primeira promessa de morte que os alcançou, a tais jovens, que sem saber a esperavam. E do seguinte artifício usou a fidalga, em todos os casos, para atraí-los e encantá-los:

XXII

FALA-SE DE VIOLETAS, DOURADOS E CARMESINS. ENGANOS DA INOCÊNCIA. O CONHECIMENTO DA MORTE

Vinha ela escoltada por cento e cinqüenta mastins, de idêntica pelagem branca, e malhas negras, uivantes e ululantes, e, como possessos, de tal agitação tomados, que se sobressaltava a população, primeiro, para depois desmanchar-se em suspiros, tão grandiosa resultara a entrada.

Ao avanço dos cães sucedia-se o desfile de tambores, centenas deles, em ouro-e-branco fardados, sendo estas as cores da nobre Casa de onde provinha a fidalga, às quais, por conta própria, acrescentara ela o verde, violeta e carmesim. Em Lisboa contratara os tocadores, e eram, alguns, dançarinos de profissão, tendo-os alugado por um ano, e barato, já que ao encontrá-los morriam todos à fome. Nem deixavam por isto de custar-lhe os olhos da cara, pelos já mencionados motivos de ruína familiar.

Se impressionavam os cães pela pelagem, distinguiam-se músicos e bailarins por terem absolutamente raspada a cabeça, e experimentavam por todo modo representar o brio marcial; conforme expressa recomendação da locadora o faziam, tendo-os ela detidamente instruído também quanto à postura de braços e retesamento de joelhos, que deviam efetivamente retesar-se, quanto possível fora, e havia de manter-se no rosto um olhar franco e leal, pois assim, muito a propósito, os regulamentos militares rezavam, e continuam a rezar. Não negaremos que de coisas bélicas outras, como táticas e estratégias e balísticas muito pouco percebia a moça, mas o não ter jamais presenciado batalhas, ou sequer entrado num quartel, compensava-o com idéias próprias a respeito de atitudes guerreiras, idéias, de resto perfeitamente assimiláveis por homens de teatro como os que alugara. Era belo, sim, belo vê-la avançar entre mastins, cabelos ao vento, olhos radiosos, voltados para o infinito, fixando um ponto que três dedos acima da linha do horizonte era situado, e no qual se localizava, aparentemente, o infinito.

Erguia a mão, conclamando o povo, e representava-se, ao fazê-lo, como a donzela Joana de Arco, em seus momentos mais heróicos, e inclusive do alto da fogueira. Outras mulheres tentariam, séculos além, o mesmo gesto — Sarah Bernhardt, certa álgida e canastrona Ingrid Bergman, em diferentes ocasiões, no palco e fora dele — mas de tais experimentadas artistas nenhuma lograria a veemência, o arrojo que animava, como se estátua viva, o corpo da Duquesa. E atrás os tambores, ruflando em surdina — pêrêrê, pêrêrê — e os homens de teatro em mui guerreiras atitudes, tanto estufando o peito que lembravam pombos, já que trajavam branco, e levando pernas à altura do nariz. Impressionantes bonecos de guerra! Dava o vento nos penachos verdes, como um capinzal, nos capacetes violeta, soprava nos galhardetes de cem bandeiras douradas e carmesim.

Deslumbrava, pois não?, este aparato. Sorviam-no com gula os olhos jovens, e vislumbravam a morte, ainda que sem saber-lhe o nome, mas era a morte que acenava dentre as bandeiras e — pum, pam — batia também as pernas duras como pau — entre os bonecos de guerra, antes bonecos de pau, com braços de marionetes, que esticavam para cima e para baixo, em obediência aos impulsos de marcha turca. Não figurava ingênuo marchasoldado, nem lembrava este esplendor o de circos e quermesses, para essas mentes nas quais a morte já ia entrando. Pã-pão, pã-pão, pã-pão — fazia saltitante a marcha turca, e parecia-lhes o latejar da terra sob os pés de mil exércitos. Semelhava a desgrenhada donzela, e baixotinha, alguém sublime como o próprio Marte, e tornavam-se bronze, glorioso bronze, capacetes de papel grosso... lamentavelmente pintados de violeta!

Pois ora que são tais pequenezas, quando a grandeza de morrer a tudo transfigura? Coisas são, mesquinhas, que ao bafejar a morte tomam vida nova, insuspeitada distinção. Assim se passava, quando irrompia a Duquesa nas aldeias, a tudo transformando, e eram tomados muitos jovens por gostosos calafrios; espinha abaixo, espinha acima: sentiam aproximar-se o orgasmo da morte. E em busca, então, da prometida morte militar, sob a bandeira da fidalga corriam a alistar-se.

Quanto aos mais velhos, estes que ali há anos, que eram como séculos, teimavam em vegetar, não os tocava glória alguma, nem volúpias de passar-se desta para melhor. Diz-se que receosos de ofender tão nobre — posto que louca — Senhora, herdeira afinal de um nome como, assim celebrado, outro quase nenhum se conhecia em todo o Reino, e ardentemente desejando, frente às audácias dela, disfarçar o pasmo, em gentilezas excediam-se, de toda sorte. Do que resultava tê-los ela como conquistados para a Causa, tomando por fiéis e adeptos os que só ansiavam por a ver partir; e para longe, bem longe, muito temendo a sua loucura — e aos espanhóis.

A Pátria arruinada, o Rei que houvera, e não havia, mas precisava haver, e a força, o brio portugueses — tudo falava-lhes a Senhora, e acediam, ó como acediam, pressurosos, abertos em sorrisos, fazendo que sim com embranquecidas cabeças... E fundos e mundos prometiam-lhe. Era dizendo "voltai sempre" que a despachavam — assim como quem diz "não volte nunca!" — e lá seguia a moça iludida, confiante, para a próxima aldeia, levando seu punhadinho de nobres e pobres adolescentes: loucos não menos que ela.

E sozinha seguia, julgando que a acompanhava Portugal inteiro, como um pulsar unânime de corações. Tão leda, e em tal engano — quem ao vê-la assim que não chorasse? Ora não chorava ninguém — cegos uns pela morte, outros pelo receio de morrer. Mas que digo eu, que digo? Pois tais crianças que por ela iam partindo, e que a adoravam, bem mais que chorar não faziam, pois se a adoravam? Não foram tão-somente elas, dentre todos os portugueses, a curvar-se ante arroubos tais de alma tão fidalga, e reconhecer as chamas de ideal que a consumiam, em seu pequeno incêndio solitário? E eram jovens estúpidos antes, caçando e pescando, em serões, bailaricos!

Só crianças a seguiram; seguem sempre a um incêndio ou desfile qualquer, porque seguem a morte. Estão a espreitá-la sempre, por pequenas frestas, dessas que se abrem nos tapumes, devassando edifícios em construção; através de mil vidraças e fechaduras; entre as grades do berço, desde cedo, e também pelos olhos afora, que são estes os verdadeiros buracos de fechadura, comunicando-nos com o principal mistério, o mundo propriamente, e dando vista, por entre as grades do berço para o quarto universal. Pelos quais olhos espreitam sempre as crianças (como a quem dormisse, na intimidade do quarto, justamente ao lado, no outro leito) à grande Morte: a Morte-em-si, refestelada sobre o mundo. E será por isto que as crianças, mais que todos, estão vivas: porque ainda olham, e têm forças para desejar, ardentemente, morrer.

Que insondável coisa, oceano de mistérios, as crianças. E seu rosto liso, nucas delicadas onde uma fininha penugem mal se enrosca, e é tudo leve, ao que dizem, frágil; e está porém ali, em sua loucura, a mais rigorosa das lógicas; e, em sua profunda estupidez, tal acuidade; e nelas, só nelas, o conhecimento da morte!

XXIII

COMO SE MANIFESTA, NAS HERÓICAS MULHERES, A INDIGNAÇÃO MORAL

Entre crianças e atores, percorria assim, a Duquesa, os caminhos do Reino, e iam-se trocando os atores, cada vez mais, por crianças, e estas desabrochando em milicianos, que sempre de atores um certo ar guardavam, pois com atores e outro nenhum mestre haviam aprendido o ofício de matar. Que medo ao inimigo fariam — mouro ou de Espanha — matéria é de reflexão: com ciência esta sua tão pouca na arte de atirar e prever tiros, a avançar, fingir, tecer as finas insídias, para então, acaso sem finura, mas com superior simplicidade, matar.

Mas iam, não obstante iam, em pós da moça, aos pés dela, e não eram sem malícia os disfarces que achavam de usar, para que os não conhecessem como amotinados e pérfidos os de Espanha. Vez houve que de freirinhas do Carmo se vestiu a tropa toda, e outra que — ainda imberbes — se travestiram os moços como putas barregãs; sendo, este, motivo de íntima e prazerosa galhofa, àquelas, sobretudo, dirigida que, por já seu tanto peludos, e com buço ornados, mais perfeitamente figuravam barregãs do Reino, de modo idêntico ornadas, no geral. E da infinita fantasia da Senhora eram fruto estes e quantos mais disfarces; que muitas vezes efetivamente iludiram partidários de Espanha, quando por terras deles o bando houve de passar.

E ora desta arte, e doutras, iludindo seguiam — ou, mais é de crer-se, iludidos, e iludindo-se. Pois toda fé havia posto a Senhora em que, dos fidalgos — e tantos deviam ser, no Reino — secretamente ambiciosos da Coroa, muitos, pelo menos, pressurosos acorreriam, no que as proclamações dela ouvissem, e benignos, porfiando, até a bajulação, por tê-la a seu serviço. Nisto firmemente cria ela e, conjuntamente, sua facção.

Como entender pudera, pois, quando nem Braganças, nem outra alguma casa das grandes, restos de Aviz, quiseram notá-la, sequer faziam por vê-la em seus paços. Que triste é dar-se, quando não nos quer ninguém! Desprezado seu dom, punha a Senhora o desdém não à conta da extravagância sua, ou da geral descrença no valor dos seus, mas antes à maldade intrínseca, e felonia dos homens, mesquinharias, escasso brio.

Tão azedos queixumes não tereis nunca escutado como os que daquele peito e boca então se punham a derramar. Levava os punhos à testa, a Senhora, e repetidamente os torcia, como quem areia metais, e pavoroso esgar lhe cerrava com toda força a boca — de tal modo a deformando, na ânsia de semelhar um fero Marte, e no que imaginava serem expressões belicosas do rosto, que de início a julgavam os discípulos acometida de dores abdominais.

Estranho caso, estranhas transformações que pode operar, em heróicas mulheres, a indignação moral! Nem o romano Júpiter, nem o grego Zeus, sequer o africano Xangô, logram expedir as farpas que elas disparam, não ousam fulminar como elas fulminam. Diríeis que ali, em moles corpos feminis, reside a mais perscrutadora divindade, aquela a cujos olhares de górgona se desvenda, em simultânea, panorâmica visão, tudo que é ou foi, e mais o que há de ser, acrescido do que não foi, mas poderia ter sido, e do que pode ainda ser, mas não será. Dentro do peito ofegante — e ofega por revolutearem ali todos os nobres sentimentos aos encontrões, e espumejando — ali parece, pois, habitar a mais sapiente das deusas, que atravessa o coração do homens como se foram ingênuos cristais. Daquelas alturas, inacessíveis cumes de Moral, despencam-se palavras como pedrouços, catadupa deles, esmagando no descer a encosta o mortal comum, pequeno ser abjeto que acaso tente, por maneirosos argumentos, e diálogo, a escalada das mulheres-Olimpo.

Assim altaneira mostrava-se a donzela, a tantos maiores picos se exaltando, quanto mais pareciam poltrões os portugueses a seus olhos; e ela, ela própria, ainda que varoa indefesa, mesmo assim, clarividente, e ela, só ela, poste de coragem, em meio a sevandijas, pois isto chamava aos nobres do Reino. E o seu próprio destemor ia proclamando, sempre mais alto, de cambulhada com a fraqueza geral dos homens e a forte ousadia das mulheres, pois todos os disparates misturava em uma só vulcânica explosão moral; enquanto se cerravam os punhos, na ponta dos braços retesados, e sem saber contra que objeto socá-los, acima da cabeça os levantava, à feição antes de furioso fantoche, destes que de pano se cosem e, enfiando-se-lhes os dedos por dentro, assim se agitam, em descontrolados estertores, tanto mais perfeita se fazendo a semelhança por vestir-se esta Senhora costumeiramente segundo o mesmo gosto com que vestem os titereiros aos fantoches, e sendo ela, por nascimento, a exemplo de tais bonecos, singularmente destituída de pescoço.

A mais minúcia não desceremos, no que se refere ao colérico transporte daquela Senhora, sempre podendo imputar-se este a nobres causas, e a um elevado sentir; outrossim não, como julgareis, ao congênito desgoverno das sensações, ou entranhada violência de machoa. Pois não se fazia assim repulsiva a Senhora mais que por minutos, somente; e também céleres passemos a outro assunto, que bem de perto vem tocar o nó central desta inconcebível história.

XXIV

A QUESTÃO DOS JUDEUS.
MAIS LENHA NA FOGUEIRA

E foi que, amainado o desvario que à nobre moça ia fazendo derivar para muito ao largo do porto da Razão, aos ouvidos dela chegaram rumores de um Sebastião, um novo que aparecera, e, como degredado, fizera-o o Rei passar ao Brasil.

Não como outros Sebastiões era este, dos muitos que, por então, a cada ano surdiam e, no geral, se faziam prender e açoitar, quiçá morrer à forca, ao fogo, cutelo, — que engenhoso modo seja. Antes, dos Sebastiões se diferençava — *primo* — por não dizer-se Sebastião — esperadíssimo rei — mas somente, e sem certeza, filho dele; *secundo*, por verdadeiramente assemelhar-se ao soberano, não na formosura, que bem feio era, mas na louridão sua, chegada ao ruço, e bochechas (isto raro, por certo, e de maravilhar-se, considerando os outros impostores: sempre, para o cargo, demasiado morenos e chupados de rosto, nem por isto tementes de exibir-se como se foram o próprio rei), sem falar em tais certos misteriosos sinais, nas maminhas, sovacos, e partes vergonhosas, que para muito experto sebastianista haviam de ser, neste assunto de provas, a mais segura delas. E, *tertio*, afinal, porque não era, para pasmo de todos, português, este filho do rei morto, mas mouro e marroquino deveras, perto de Ceuta nascido, em aldeia onde, pesar dos pesares, graças ao suposto pai, o consideravam português.

Sequer, dissemos, de sua filiação andava certo o Mouro, sendo esta espantosa origem antes por vizinhos imputada que por ele crida.

Tanto bastavam, assim mesmo, indícios esses que tais, como bochechas, *et coetera*, para que, ao redor do mísero, imaginativos fanáticos se ajuntassem, ávidos de sensação, ébrios de intriga.

Porque eram nessa época também muitos, no Reino inteiro, os fanáticos imaginativos, a um ponto que pareciam incontáveis. E por especialíssimo modo entre judeus, e mesmo cristãos-novos, a quem acaso lavara o batismo da culpa original, não os lavando do pendor para enredos e loucas fantasias.

E isto, ao menos, é que nos informam cronistas de antanho, e também o sr. Gilberto Freyre. Mas não é certo — se já havia cem anos se tinham feito cristãos os cristãos-novos, novos não sendo, portanto, nem, por feitio algum, interno ou externo, distintos de qualquer outro cristão, dos velhos. Certo é, isto sim, que nenhum mais judeu havia no Reino, pelo muito bom motivo que os tinham mandado embora.

Sendo, porém, impossível, e isto se sabe, não haver judeus (sob pena de haver muito piores coisas, como a proliferação de gatos, ou ciganos, ou lobisomens, e a ousada ambigüidade dos vampiros) e, por acréscimo, andando o Santo Ofício à cata de uns quaisquer a quem pudesse confiscar a fazenda e, de lambuja, por que não, já que lá estamos, a vida, (para o que, às maravi, maravi, maravilhas, os judeus se prestavam, e confiscáveis eram), determinou-se aquele santo Tribunal de secretamente fabricá-los, os hebreus, em grandes fornadas, nos estrangeiros territórios de Baiona e Bordéus, e com grandes levas deles abarrotar o Reino, sempre de cristãos (novos) travestidos.

O que afinal se fez. Mas — por erro de provisão ou malicioso cálculo — com desgoverno e excesso, de modo a lançar em ridícula minoria os cristãos velhos (quer dizer: verdadeiros), que já quase não os havia.

E a todos estes judeus que fabricava, cuidava logo o Tribunal de assá-los vivos, desde que já algum bem houvesse amealhado, o qual, é justo, ao mesmo Tribunal revertia, para despesas de lenha.

Ora, tão mal contada vai esta história, que não pode ser.

Dizem e teimam alguns que não se fabricavam, realmente, cristãos-novos, pois que não passavam de cristãos velhos, banais, fraudulentamente impingidos, por artes de tortuosos, torturantes processos. E que não se fabricam judeus assim, qual se biscoitos foram, e a partir do nada, ou de farinha e ovos, sendo necessário antes cristãos que, por força dos mencionados suplícios, sejam persuadidos a judaizar, e judeificar-se, israelitizar-se, ou elitizar-se e israelar.

Assim dizem e teimam, mas a favor da outra tese militam argumentos vários e sólidos — seja o comprovado fato que inquisidores sempre bruxos hão de ser, e na feitiçaria tão espantosamente versados, que logram transformar os inquiridos em bruxos e a si próprios em inquisidores. E assim, por feitiçaria, sabem criar judeus como se criam diabretes e homúnculos (é certo, com terríveis gastos, para tais criadores, de fluxos vitais, que nisto se lhes vão todas as forças, e já dificilmente conseguirão copular, e erigir-se, logo depois, ou pela vida afora).

Mas argumenta-se também que, sejam cristãos novos ou velhos a arder, o que importa é a fé do populacho, que deles escarnece o quanto pode, e grosseiramente ofende, estando pois convencido este povo que de judeus, natos ou não, ali se trata, e gritam "pois queimem, os sonsinhos". E muito embora tantos desse mesmo populacho logo hão de ser, por sua vez, indicados, por algum endurecido dedo indicador, e indiciados e também como os demais, levados a assar.

Tenha razão lá quem a tem. A nós, a coisa assim representa: que judeus, a veras, não se achando, achavam-se trisnetos e sextos-netos e, que milionésimos-nonos-netos foram, ainda assim por judeus se haviam de imputar, ou a quem confiscaríamos? Faltando tão-só que, por alguma artificiosa perfídia seduzidos, a si mesmos se mostrassem, pondo-se a perder.

Daí que familiares e espias do Santo Ofício no Reino inteiro se agitavam, em burburinho intolerável, de untuosos Ben Simones e mal simulados Jacós travestindo-se, à espera que por hebreus de verdade alguns descendentes os houveram de tomar, e, julgando tratar-se de sangue igual, uma que outra palavra deixassem cair, pela qual se puderam denunciar como intimamente soltos de pensamento, e tendentes a judeus.

Faziam-se então, tais insidiosos, de judeus e cristãos-novos e de fanáticos imaginativos, e eram eles mesmos, sim, ou tal nos parece, que ao nosso Mouro rodeavam, esperançosos de perdê-lo, senão como impostor, quase regicida, ao menos como judaizante, réu contumaz, e herege negativo, pertinaz, ou ainda convicto, ficto, falso, simulado, confitente, diminuto, variante, revogante e impenitente.

Ora, tal Mouro, símplice que era (por instinto, ou sendo isto obra de Deus que pelos parvos olha) alheio se fazia a tramas de qualquer sorte; por forma tal, que vinham as mais finas maquinações, a jeito de espuma, desfazer-se de encontro à parvoíce mesma dele — a qual se podia comparar a um rochedo. Perguntavam-lhe: não sabia. Chamavam: não vinha. Louvavam-no: mudo estava. As mais amargas recriminações punham-se, muito de estudo, a lançar-lhe, mas com o resultado que se desmanchavam contra o silêncio de rocha, e calavam-se também os recriminantes, como outras tantas rochas estúpidas, faltos do que imaginar.

Desmedidamente valeu, enfim, ao Mouro, este natural, seja prudente ou sandeu — que a manhas e conspirações repelia — quando o conjugado poder de Espanha e do Tribunal houve de enfrentar, em longas, ritualíssimas inquisições. Perguntado se filho do rei não era, por um estalar de beiços retrucava, e com tão descansado ar, e alvar sorrir, e mais, aqui e ali, tão despropositados estouros de riso, tudo indicando como lhe era escandalosa a idéia de ser rei, que desta envergonhada rusticidade deduziram os juízes, se não a inocência do réu, ao menos o ridículo de interrogá-lo. E a muitos outros rústicos costumavam ali enviar, assim mesmo, à tortura, mas deste compreenderam que nem os mais perfurantes suplícios saberiam atravessar-lhe o envoltório cerebral duríssimo, e chegar-lhe aos miolos, de modo a fazê-lo entender uma só sílaba do que se lhe dizia. E não tendo, afora tão insultante obtusidade, outro algum malefício cometido por mão sua, mandaram-no ao Brasil.

XXV

PLANOS E IDÉIAS DE UMA FORTE DONZELA. VOLTA-SE AO BRASIL

Aqui chegamos ao que, finos que sois, haveis de ter percebido lá a páginas tantas desta interminável conversa: que não era este Mouro outro senão o que veio a arribar, na Colônia, ao Povoado.

    Ainda à finura vossa não escapou padecer a Senhora do mesmo vicioso, imaginativo pendor que afetava a judeus — os confessos tanto quanto a pertinazes. Levava tão curioso mal a descobrir, quem dele padecia, em toda parte salvadores e necessidades de salvação. Tomavam-se de apaixonada esperança, os que do mal sofriam: a salvadores, naturalmente, esperando, e também reinados maravilhosos e paraísos. Nem lhes era, ou à Senhora, estranha, a irrefreável ânsia de salvar — ou então de salvar e ser salvo, que pouca diferença faz, andando as duas coisas sempre perigosamente juntas; e por desgraça costumam os salvadores perder aos que iam salvar, ou estes, como é mais uso, levam os salvadores a perder-se.

    (Ora, dizem que não os judeus assim são, mas aqueles cristãos, justamente, e pagadores de dízimos que depois de apropriada e competentemente salvos, insistem em salvar-se ainda uma vez, e a toda hora, a si mesmos e a quem por ali esteja a passar; e outras palavras quase mais lhes não vêm à boca que não sejam estas de perder-se e salvar-se, a ponto de parecer mania. Ora, muito bem isto pudera ser, se deveras *non nocet quod abundat*, mas é de notar-se, destes salvandos, que acabam por julgarem-se eles próprios salvadores em lugar do nosso Salvador, e isto muito mal vai. E mais discretos foram se a todos os passantes felicitassem por estarem já salvos, e dessem graças, e assim os domingos ocupassem de mais alegre modo, de esgares, gritos e carantonhas salvando a via pública e nossos pobres olhos e ouvidos.)

Mas percebestes também, afinal, que se meteu na idéia da donzela ser talvez este Mouro verdadeiramente filho do rei — talvez, quem sabe, e bem valia averiguá-lo — e com tal disparatado desfecho ia ela à forra dos malsinados pretendentes, que se recusavam a buscar o trono, achava (tomara!) um novo rei — e salvava Portugal!

Era tal, era esta, a Senhora! Haveis, já o creio, de tê-la por sandia, pensando em fazer rei a um parvo, mal-e-mal cristão e lá sandeu, também, o seu tanto. Assim julgai, que não vos desminto. Considerai, porém: tão lorpa vos parecera, se atentásseis para a *vox populi*, que *vox Dei* é, e os ditos do mesmo Deus. Pois certo é que Deus, por linhas tortas — diz o povo —, direito escreve. Ora, mais torta coisa do que esta não tereis achado, de fazer rei ao pobre Mouro, e por tais e tão arrevesados traveses. E de Deus foi dito, ainda, e por quem dele muito podia dizer, sendo sua Mãe, que "depôs do trono os poderosos e elevou os humildes". Não admira sonhar fazê-lo também a Duquesa, fundada em tão alto precedente, e dar a um pobre de espírito um reino na terra, se já lhes garantia o próprio Deus a pobres de tal casta o reino dos céus, como dito está em Mt 5,3.

Haveis de argumentar, ainda: pois não desdenhava o pobre Mouro de tronos? e lá queria saber de grandezas, tais? Ora, conto-vos eu: tampouco queria a moça saber das vontades do pobre Mouro, e de lá quem fosse. Nem via a este Mouro como de fato era e o estais querendo ver, mas na medida apenas em que cabia no sonho dela, que tanto sonhava com um rei.

Assim, em sonhos alheios encaixado, sem o saber seguia o Mouro, que mais humilde e inocente não podia haver; e tranqüilo, bem que posto a ferros, mar afora seguia, crendo que outra nenhuma intriga ficava de pé, das muitas em que se lhe vinha enredando o destino, dos outros todos destinos tão diverso.

Ai dele, conspiravam os deuses, tramava a Duquesa. Os deuses — não Apolônia. Pois, invocando-a a Senhora, a indagar que se faria em tal transe, vendo escapar-se o possível rei, e degredada sua coroável pessoa — "segue o Dever!", conclamou a Santa, como de hábito, e, eclipsando-se, deixava perfumado o ar a madressilvas. E à consulente, também, no ar.

Os deuses, porém, que os destinos regem e, bem mais que os santos, entendem os mortais, o coração da Senhora trabalhavam para inspirar-lhe mais altos vôos, como tão ambiciosos até então não se tinham visto — coisa por demais! Determinou-se, acreditai, esta Senhora, de ir em pós do Mouro, até o Brasil e o fim do mundo. E por aí descobrir a verdade do nascimento dele — a qual, lá no íntimo, reputava ser a que diziam. Tal foi o trabalho dos deuses no seu peito, e moveram-na ainda a jurar.

Jurou, pois, e bem jurado, que, se real bastardo se provasse o Mouro — bisneto, portanto, de Áustrias e rebento, posto que bastardo, de Aviz — e se fora o sangue que julgavam perdido, e para sempre, do amável Sebastião — que, neste caso, não dormiria ela mais de seu sono em leito mole, mas em duríssima prancha, de irregulares asperezas; que calçado não calçaria, se de aguçados seixinhos não fosse antes forrado, por que lhe doessem os pés; que de naturais necessidades não se desencarregaria, senão a cada dia uma só vez, e não pousada em assentos, que comodidades eram, mas do jeito e posturas que com o pior dos desconfortos a mortificassem; e, do manjar que bem lhe soubesse, já logo ao vê-lo não provaria, mas depois apenas de cinco vezes pensar em imundas fezes, e mais algumas sujidades, que lhe tolhessem o irrefletido prazer; e nem de uma só vez cada bocado engoliria, mas já depois de sessenta vezes mastigado, e a desvanecer-se-lhe o vão sabor. E tudo assim faria até sentar no trono de Portugal, de Castela liberto, o sangue de Sebastião!

Terríveis juramentos, que a toda companhia afligiriam, pois nunca assim consigo mesma fora a Senhora tão severa, e temiam que perecesse. Ora não atinavam que estas e muito piores provações sabia suportar, desde que a animasse um bom sonho no entusiasmado coração, e sem o que, pelo contrário, singularmente glutona aparecia, e em todos os confortos viciada.

Por influxo, quem sabe, daqueles deuses conspiratórios, novo sucesso veio abrir caminho para os cometimentos a que ela, a moça, se arremetia, pode dizer-se, a testadas.

Deu-se, que remoto primo dos tantos que por toda parte a moça possuía, nos cargos mais altos da administração, justamente nesses dias passava-se ao Brasil, tendo sido feito da Colônia governador-geral. Não diz a história se andava o governador bem ao par das tenções desta parenta, sendo ela fértil em enganos, com que a todos desconcertava e confundia. Mais seguramente crê-se que, ao darem-se conta outros aparentados que ia a moça com o fito de passar à Colônia, lançando-se ao mar, muito agradeceram a Deus, por verem-se livres dela, e com todos os esforços concorreram, porfiadamente, seja mil bilhetes e cartas de empenho, seja em coerções mais duras, e toda sorte de blandícias, com que ao novel governador importunaram, e à exaustão: para que sem falta a levasse, bem cedo, e sem retorno, antes que se lhe mudasse a ela o ânimo estouvado, e deliberasse porventura de ficar. Acresce que já os de Espanha em suspeição vinham tendo a Senhora, e bem a espiavam nas traidoras andanças pelo Reino. Entende-se que temiam, e com justeza, esses familiares, viessem alcançá-los os pavorosos castigos espanhóis, depois de alcançarem a tal parenta, muito embora não os ligasse a ela nada, senão o mesmo fatídico, desventurado parentesco — e agora, em sentido pleno, embaraçoso, por lembrar-lhes baraço, e enforcamentos.

Capitulara, então, o governador: levava-a ao Brasil.

Figurai agora o alívio com que a viram partir, nas naves de pendão amaranto, esses parentes, e como a mão levavam ao pescoço, sentindo-o bom e inteiro, e firme a cabeça sobre os ombros, como reconfortados se olhavam; e, por vez primeira em muitos meses, soltando o fôlego que tinham preso, de todos os peitos escapavam prodigiosos "uffs", quais nem mesmo entre sopradores de vidro, nas vidrarias, jamais se ouviram. E tamanho vento exalaram estes suspiros, que às naus do governador foram-lhes inflando as velas, e celeremente, bojudas, se afastaram, até sumir-se no horizonte.

XXVI

CERIMÔNIAS, CERIMÔNIAS, E DESPAUTÉRIOS

Ora, o resto sabeis.
Como escandalosamente chegou, e no Povoado foi acolhida, e sorrateira escondeu-se em um fortim.
Isto e o mais sabeis, da turbulenta donzela, e seu martírio final. Não o sabeis, porém, senão do jeito como o sabiam os colonos, e estes de nada sabiam, pelo muito bom motivo que tudo lhes era ocultado. Mas de igual modo como lhe ocultavam, já tudo agora vos descubro; e descobrindo vou que, mal chegava a moça ao Povoado, foram dela emissários ao Mouro ferreiro, por assuntos de ferraria.
Lá bem entendeis que de ferraria alguma cuidavam estes enviados, e que, disfarçadamente, iam reconhecer o Mouro, seguir-lhe os passos, para de tudo dar conhecimento à Senhora.
Pois vos lembrais que nada fazia tal moça simples e direito, se pudesse fazê-lo pomposo e atrapalhado, e por artimanhas. Já o que estava a exigir-lhe muita finura e delicado engenho, num só trambolhão o punha a perder: eram interpelações tão súbitas, tão desabrida franqueza que se podiam dizer: trancos. Mandou assim que espiassem, em segredo, ao pobre Mouro, nos seus miudinhos atos e costumes, afinal de todo o universo conhecidos, porque ações não tinha ocultas, só escancaradas, e a quem quisesse olhar. E com não menos zelo pôs-se a Senhora à busca

de um sítio onde o pudesse ter continuamente à vista, e dando-se o azo de ali perto estarem ruínas da fortaleza antiga, nas quais se instalou, ajeitando-as a gosto seu; e isto por acharem-se algum tanto elevadas, sobre um outeiro, rente à praia, e dali nada escapar-lhe do que viesse o moço a intentar. Ora não tinha este tenção nenhuma, a respeito de nada, e coisa alguma intentaria, muito menos às ocultas.

Quando finalmente foi mister, usando da mais estudada prudência, inquirir o Mouro, e dele aos poucos saber de onde vinha, a que vinha, mas de modo que não suspeitasse o estarem inquirindo, nem se apercebesse ninguém de haver no ferreiro algum empenho a Duquesa — esta, neste transe, em vez de enredar-se com os habituais rodeios, tomou-se de insofreável, apressado ardor, e ansiava por ao Mouro abrir o coração, o seu a ele, o dele a ela, e sincera mostrar-se toda, com a paixão que nela ia, que era a restauração de Portugal.

Determinara já antes de convocar ao fortim o ferreiro. E então, para o acolher, de há meses que se dava a uns preparativos, e era muito apropriada cerimônia que indicasse ao Mouro como andavam ali todos sérios, e a importância da empresa que tinham em mente; pelo que mesmo houve nome este ritual: primeiro "A Felicíssima Inquirição" ou "O Encontro" e, alternativamente, "Núpcias da Verdade".

Irrefreável tornava-se a Senhora, em sua ânsia, vendo quase a consumar-se o Encontro, e mandou anteciparem-se as datas; que se fizesse vir logo o Mouro, a pretexto de haver cavalos mal ferrados, e tudo em rigoroso segredo.

Fora, portanto, o moço chamado a trabalhos de ferraria, não a cerimônias, e qual não foi o assombro seu ao ver-se acolhido por vinte pajens, todos em alas, todos iguais, e igualmente travestidos como papagaios, nas cores próprias desta ave, com o que se queria significar algo como "vamos, fale!". E, presa aos braços, trazia cada um dos papagaios humanos a ave mesmo, viva — e que efetivamente repetia "vamos, fale!", para o que as haviam educado durante semanas a fio, nisto tendo-se perdido todo o primeiro mês que habitaram o forte, e em furtivas saídas ao mato para capturar as aves, e em costurar fantasias.

Encaminhavam-no os papagaios para o centro do fortim, onde em pedra se edificara um tabuleiro, ou algo circular, destinado a acolher, durante o dia, a Duquesa, e que um pouco lembrava cochos, manjedouras, e ali, ao meio, de mais vinte pajens rodeada (em vestes, estes, quase vaporosas, da cor lilás, e também verde-esperança assim chamado) de pé sobre um tamborete, ali alteava-se a Senhora. De assombro em assombro, via o ferreiro como em longos drapeados ela se envolvera, que a prolongavam até o chão, e, tendo vendado os olhos com improvisado xale preto, numa das mãos trazia a espada, na outra vinha-lhe acenando, comovida, balança velha de dois pratos, o cobre seu a brilhar de tão areado e que em muito segredo se tomara de empréstimo à Alfândega.

Bem que lhe fosse familiar a balança, de muito a ver em prosaicos misteres aduaneiros, não conseguia o Mouro atinar-lhe com o significado, nem o motivo de estar ali, tão soberbamente ostendida. E era, já vos digo, por ela significar, universalmente, justiça, e exatamente de Justiça se tratava, estando a donzela vestida como deusa Têmis, portando, como era de esperar, equipamento próprio a esta divindade justicial. E porque tinham ali todos em mente fazer justiça aos desapossados herdeiros de Sebastião, repondo-os, ou a alguns deles, no trono que era seu.

Nem por isto percebia melhor o moço o sentido do que via, menos ainda quando se puseram os rapazes a esboçar discretamente uns passos de bailado, guiados por tímidas notas ao arrabil, e acompanhando-se por umas coplas obscuras que sempre se terminavam, ao feitio de glosas, em mote assim:

> "Ai, tesouro,
> a meu tesouro
> quando, quando
> voltarás?"

Certo é que, na forma original, e por esforçados ensaios exercitada, havia de desenrolar-se com alguma clareza esta cerimônia, mas a sofreguidão em que andava a Senhora tudo abreviara e confundira; de modo que nem os melhores adivinhos haviam de penetrar o mistério destas quadras. E ora, na verdade, diziam do desaparecido Rei — a quem "tesouro" chamavam — e que havia de voltar a Portugal (sendo Portugal aquele "meu tesouro", que no segundo verso surgia, e refulgia). Mas podia também o primeiro "tesouro" estar ali pelo Trono, ou o Reino ou, melhor ainda, pelo próprio Tesouro Real de Lisboa, que era para um dia retornar à posse do "meu tesouro", o qual devera designar, então, o próprio Rei.

De possibilidades tantas e tamanhas, nenhuma ocorreu ao ferreiro, e este coitado, apreensivo cada vez mais, via-se já acusado do roubo de algum tesouro, ou de furtar no peso das ferraduras, que isto, exatamente, é o lhe dizia a balança.

A balança, por falar nela, já a moça a ia largando em mãos de acólitos, visto ter cumprido seu papel, e desatava-se a venda preta, para pela primeira vez olhar o ansiado Mouro. Porque, sabei, até então não se tinham nunca avistado a duquesa e o Mouro. Este, de costume arredio, por não ter ido vê-la desembarcar ao Povoado. E ela, por tê-lo sempre evitado, quem sabe no propósito de tornar mais forte a emoção do grande Encontro, e continuava até aquele minuto, sem o conhecer, devido à venda preta.

Ora, disse-vos que a Senhora, de pé sobre um tamborete, havia-o perfeitamente escondido, a este, debaixo de seus longos drapeados, que evocavam a majestade da Justiça, e aumentavam em dois palmos a estatura da fidalga, por incorporar-lhe a altura do tamborete. Pois justamente olhava-a o moço e arregalava os olhos diante da extraordinária figura vendada, quando ela, desvendando-se, desceu para avançar um passo em direção a ele. Se arregalados tinha este os olhos, esbugalhou-os agora por completo, pois do tamborete não se tendo dado conta, via sumirem, por encanto, uns dois bons palmos da figura total da duquesa. E foi então tal imagem o que primeiro captou do desejado Mouro a donzela, ao descer a venda. Um par de olhos tão horrendamente saltados de órbita que se diria já os estarem corroendo vermes no sepulcro; e mais, como, boquiaberto, deixava o Mouro entrever gengivas por metade desprovidas de seu ornato natural, que são os dentes, sem o seu improvisado vice-ornato, que são as dentaduras, debatiam-se ali, ao boquiabrir-se, troços nervosos de língua, bem vermelhos, assomando a porta do negror bucal, a que se sucediam, no boquifechar-se e entrecerrarem-se-lhe os olhos, e mais ainda apertar-se o já franzido cenho, rugas, valetas, vasta rede delas, difundidas em aranhol, ao redor dos olhos, e outros quais orifícios da face, e tão fundamente entalhadas que se diria a navalha, ou afiados ferrinhos de esculpir.

Tal era a impressão que fazia o Mouro, ao espantar-se. Algo digno de ver e, benza-o Deus, devido a trabalhos muitos, que a face andavam a enrugar-lhe, apreensões tantas, medos lá por dentro disfarçados, que aos humildes, ante tempo, envelhecem. O que aos lá de fora custa crer. Pois precisariam ser igualmente humildes, para enxergar dentro de um humilde, abaixando-se, como de cócoras, ou nádegas ao céu e a cabeça bem rente ao chão, que é justamente onde se situam os humildes, (e por isto morrem e enterram-se, e não chega a parecer uma queda, se não se tinham erguido, nunca, mais que o chão).

Mas isto, este horror enrugadinho e sem dentes, isto vira a duquesa. Vira-o, e não admira que horrorizada estacasse, se era realmente um horror. Tal desconcerto estais a perceber, de quem esperava em figura divina, radiante, realizarem-se os mais altos sonhos, e um feio diabo vê aparecer, remelento e banguela?

Ora, nestes passos, os grandes ânimos, aí é que dão a medida de sua grandeza, e aí mesmo se fez conhecer a Senhora.

Pois julgais que em tal feiúra se deteve mais que um mísero segundo, ou deixou transparecer por mais que um átimo a decepção? Passado o susto — tão fugaz que dele não se deu conta ninguém dentre os circunstantes — nenhum receio mais, nem deselegância, nem frio e desairoso desdém. Nada que maltratasse, leve que fosse, o pobre Mouro, que ali continuou, firme e estupefato, sem de nada suspeitar.

Ó Senhora, Senhora! Se algum mérito te coube nessa atribulada vida tão breve, por certo este foi, de não te dobrares ante a injusta guerra que te moveram as realidades terrenas, e não traíres a ilusão; mas este outro também, desde tal dia: de não abdicares nunca mais de tua gentileza, que parte de tua fantasia era, no fundo escondida, e a melhor. E este mundo mais puro que, sem o saber, sonhavas — pois o acreditavas real, nele vivias — quem sabe, lá um dia, de teu eterno assento o farás baixar, generosa como sempre. E o recolheremos, vamos habitá-lo, para servir de bom remate a nosso rosário de fracassos, consolo desta humanidade triste.

Pois com infinita gentileza dirigiu-se, desde então, a Senhora ao Mouro, conhecendo que era simples em demasia. E naquele primeiro momento, apenas quis dele saber como passava, e se bem morava e comia, não tomara mulher, ou pensava em filhos — e outras tais indagações que intuito não tinham senão bem deixá-lo à vontade, e disfarçar o decepcionado ânimo que lá por dentro dela ia lavrando e ela forçava por vencer. E com felicidade ia-se corrigindo a pressa em que andara, e aquele todo açodamento, a desastrada encenação.

Bem que ao Mouro ainda o confundiam os sucessivos disparates da chegada, já se lhe acalmava algum pouco o receio, e mais ainda o serenou a delicada inspiração que do próprio Céu deve ter-se enviado à Senhora: por bem-vindo milagre, de tronos e dinastias a moça pareceu esquecer-se, e pôs-se a interrogá-lo sobre o negócio de ferraduras.

Ó como então se alumiou o olhar ao Mouro, e as feições, se transfigurando ao ouvir falar do que era seu próprio e compreendia, tornavam-se comumente humanas, feias o seu tanto, mas admissivelmente feias, humanas!

Falando-se de ferro, e chumbo, e forjas, então, a Senhora e o homem, por bom tempo se entretiveram. Começando ia a tarde, pois foram de manhã aqueles sucessos todos que narramos, e mandou a Duquesa que se pusesse fim à cerimônia; amputando-se-lhe, pois, a cauda, ao ritual, que se prolongaria, conforme o planejado, por pequena chuva de flores e certa procissão guerreira em torno ao forte, cujas paliçadas ou cercas artificiosamente cairiam, como as de Jericó, ante a barulheira infernal das cornetas embocadas por todos os pajens, simbolizando isto sabe-se lá o que.

Tudo suspendeu-se, e foi muito bom. Continuava, por inspiração do Céu, dos deuses ou quem seja, agindo com prudência a Senhora, e nenhum despautério mais em sua mente volveu por aquele dia. Mandou que se desse ao Mouro de comer, e bem, com o que acabou de devolvê-lo à realidade, e dele recebeu a firme promessa de presenteá-la com pequena tenaz faquinha por suas mãos lavradas, e ainda uma galinha d'Angola, que eram oferenda de pobre, não reparasse.

E encomendou ela a ferração dos cavalos.

Terminou, assim, reduzido a faquinhas e ferraduras — e galinhas d'Angola — o que teria sido grande Encontro, e grande arrancada para a libertação de Portugal.

XXVII

APRESENTA-SE O VELHO. PESADELO COM NÁDEGAS E PAPAGAIOS

Nenhuma palavra, então, se pudera trocar com o ferreiro a respeito da famosa filiação. Porquanto, caindo em si do altíssimo sonho em que voava, contemplando o pobre Mouro e vendo-o excessivamente simples a donzela, já não sabia que continuação havia de dar aos engenhosos planos seus. E não sabendo — honra lhe seja — ao menos pôs tento em não ferir a tão humilde pessoa, qual o espantoso herdeiro de Sebastião, de algum modo compensando-o pelo prejuízo, que ele totalmente ignorava, de haver-se feito joguete em complicadas manobras, e passageiro involuntário de mirífico sonho.

Neste vazio e desconforto, passaram-se dias, em que só fez a Duquesa meditar, sossegadinha em seu pequeno trono, ao centro da construção, tomando sol e meditando sempre. Pensava, com novas gentilezas, um milhar delas, em agradar ao pobre homem. Pensava também em Portugal, e na monarquia, mas não podia decidir entre esquecê-los, que difícil era, ou novos enredos tramar, para salvá-los, o que também dificílimo era, mais ainda agora, quando outra vez lhe faltava quem alçasse ao trono. "Pois, quanto ao pobre ferreiro..." e já novamente punha-se a Senhora a meditar sobre o estranho personagem, por conta de quem estava ali encerrada em um fortim, já mal sabia por que, nas praias do além-mar. O ferreiro, ainda que, por inconcebível capricho do Querer divino, filho fosse do perdido Aviz, como supô-lo, sequer, ao trono levantado, tal estafermo? Inda que tão feio nome não lhe dava, pelo contrário, sobremaneira comedida se mostrava, a moça, e parecia corrigido o antigo pendor para insultos, que lhe a razão tolhia; e agora em tal caridoso empenho se esmerava, que às muitas suas antigas virtudes esta nova parecia ter-se ajuntado. Enfim, já menos lhe ia parecendo horrível o Mouro, e despiciendo, à medida que mais e mais dele se apiedava e desesperava de achar outro algum herdeiro a alevantar-se.

Por outro lado — o lado do pobre Mouro — vinha dentro dele crescendo e recrescendo, e sem que o pudesse sofrear, um sentimento: o da gratidão. Nem saberia da mente apagar as adulações que lhe dispensara tão alta fidalga. Lembrava-se — e era-lhe tudo encanto; e ansiava por também ele à Senhora fazer-se grado. Já as pecinhas tais que prometera, com minucioso zelo pôs-se a aprontar e, com mais a falada ave sob os braços, uma semana tendo-se passado, sem a ninguém confiar seu novo segredo, sem por ninguém, ao que pensava, deixar-se ver, rumou para o fortim.

Amável como sempre recebeu-o a Senhora. Funcionando a boa acolhida, ou a boa mesa, bem mais que papagaios, em pouco tempo abria-se com franqueza o humilde ferreiro, nada escondendo nem ajuntando, a relatar, como fiel e desinteressada testemunha, tudo que na vida desde o começo até aquele dia se lhe passara e que, em resumidas porções, já o soubestes também vós.

Ouviu-o atentamente a Duquesa. Enquanto falava o homem, não é que a moviam às lágrimas padecimentos tamanhos, e tal solidão e abandono? E era afinal, ou não, este alourado marroquino, o filho que se queria do Rei? Pensava e repensava a Senhora, e já agora sem açodamentos que o bem raciocinar lhe entravavam, ia ponderando e concluía que, pelo todo dito, podia ser, como também não ser podia — e resultado mais ponderado, ainda que inútil, não se extraíra antes nunca de raciocínio algum.

Assim raciocinando viria até o dia de hoje, e sem proveito, se o enredeiro Destino, ou simples intriga humana, desses apuros não a tirassem, da menos previsível maneira.

E foi que um velho corcunda, o que degredado viera, junto com o Mouro a ferros, no mesmo navio, e também o único, além do Mouro, a vegetar ali por aqueles matos, na vizinhança do fortim — de aguadeiro se fazia este velho, por vezes, contra miserável paga. E deu-se que ia, por caso fortuito, a levar água aos da Duquesa na hora mesmo em que lá entrava o Mouro, recebido por inacreditáveis papagaios.

Tão raro espetáculo, mesmo a um aguadeiro havia de fazer espécie, tanto que se não quis mostrar o velho, e cautelosamente escondeu-se nas proximidades, para afinal subir, lá do jeito que podia, às árvores mais altas, de onde alguma coisa lograsse espreitar.

Pois o que viu, e já sabemos que coisa foi, tão extraordinário lhe pareceu, que, igualzinho à Senhora, os dias que se seguiram passou-os todos a meditar, mal lembrado até do sono e da fome.

Este velho, era-lhe o passado bem obscuro e dúbio, e de tão contraditórias coisas se vira em Lisboa acusado, que só mesmo essas contradições puderam salvá-lo da forca ou da fogueira. Assim, o diziam atrevidíssimo judaizante, cabalista e blasfemo, mas tendo-o já outros por alcagüete, e detrator de hebreus, aos quais extorquia, sob pena de os apontar. E ainda na conta o tinham de emérito sebastianista, em todos os sinais e profecias versado. Ou espião de Espanha, ou Holanda, e coisas tais.

Malfeitos ou beneficências — conforme os interesses e o modo de ver de cada um — as ações desta criatura de tal modo embaralhavam-se, compensando-se e anulando-se, que por algum tempo bastou, dizíamos, jogar o velho uma destas ações contra as outras, para escapar à justiça do Reino. Deu-se-lhe, porém, o mau azar, ou castigo do Céu, que, ao passear em procissão o Santíssimo, bem à sua frente, súbitas e violentas dores na corcovada espinha o impediram de ajoelhar-se, ou sequer curvar-se por diante, em adoração. Se melhores motivos faltaram para perdê-lo, este bastou. Indignada, levou-o a turba aos tribunais, que bem o conheciam, e jubilosamente fizeram degredá-lo.

Pois a este finório, posto lado a lado com o Mouro no mesmo navio, que para além-mar ou para o Diabo os carregava, logo lhe acudiu que de algum proveito era ter à vista o suposto Pretendente, e vigiá-lo bem. Por motivo tal, vivera-lhe desde então sempre ao redor, sem que do intento se desse conta nem o Mouro, nem ninguém mais.

Então, desde que vira a Duquesa receber de tão confuso modo, em seu reduto, ao Mouro ferreiro, não cessara o velho de resmonear, e cogitar dias a fio, e, entredentes, outras vezes resmonear obscuras coisas como "pelo bolir dos beiços, há há há, conheço-lhe eu a lábia" e "bem, bem!" e "hmm, hmm, hmm", e outras que tais. Após muito semelhante resmungar, e íntimas consultas, tomou afinal o alvitre de dirigir-se ao fortim.

Do que havia de dizer, não ia bem certo, nem carecia. Que o ouvissem bastava-lhe; pois já breve acharia — tendo a mente sua perversa e atilada — modo de entrar na intimidade dos da fortaleza, e penetrar segredos que, bem lhe cochichava o dedo mindinho, haveriam ainda, e muito, de se aproveitar.

São assim os alcagüetes, pois não visam o lucro exato, nem miram o alvo certo, mas a tudo abarcam, com rapinantes olhos, de tudo hão de estar ao par, para no azado momento, com gesto ágil, colher a fugaz informação, a que realmente importa e faz lucrar, e que às vezes se aventura, como desprevenida donzela à noite, em descuidosos passeios — e aí se captura e põe a leilão.

Não sabia, pois, exatamente, o velho o que ia buscar, mas vagamente farejava odores de conjuração, sendo impossível meterem-se uma fidalga e armados infantes a troco de nada em devesas ou fortins, e, se conjura não fosse, algo seria de vício ou pecado contra natura, de uma forma ou outra auspiciosos indícios, moeda sonante ao longe prometendo a quem informado estivesse — e informar soubesse.

Ia, portanto, o velho como que a atirar no verde para colher maduro, e a colher onde não semeara, e, atirando no que via, para acertar no que não vira, o que primeiro lhe desse na veneta diria aos do fortim, como lançando ao mar, a sua rede, para enredar, e o que se colhesse peixe era.

Caminho andando, lembrou-lhe certa feita em que espiava ao Mouro, banhando-se este à cachoeira, e à distância pareceram-lhe as nádegas do ferreiro marcadas — pasmai! — pelo sinal de Loyola!

Não o sabeis? Era das mais entranhadas crenças entre sebastianistas difundida, que, ao estar para nascer o Desejado príncipe, que Sebastião seria, rogaram os jesuítas ao Céu lhes fosse sempre este futuro rei favorável, e não aos franciscanos. Tão ardentemente ansiavam por este privilégio, que pediram um sinal — sinal claro, a indicar sem falta a preferência que lhes concederia o príncipe e seus filhos e netos. Pois nasceu o príncipe e veio o sinal. Veio justamente impresso em uma das nádegas do infante — a esquerda — onde de nascimento esplendia, em perfeita delineação, uma caldeira de ferro entre dois cachorros-lobos, por mãos do Céu graciosamente concebidos e gravados: o brasão de Santo Inácio!

Ainda que diminuto, de preciosa valia viria a ser este sinal para achar-se o verdadeiro Sebastião entre impostores muitos anos mais tarde, quando sumira o Desejado no areal, e não sabiam se vinha, ou não.

Já bem ruim da vista se fazia o velho, por esses tempos, e não juraria com certeza ter visto o sinal às nádegas do ferreiro. Pois uma abelha podia ser, um dejeto: muito de longe vira, para jurar.

Mas, que não fosse! Pouco importava, se mister havia somente jogar, lançar a rede, a conversação, para algo colher de volta, no qual o segredo se desvendasse: o intuito verdadeiro em que andavam os do fortim.

Oh esperanças, esperanças, que ao vil intrigante enganavam. Que, mal chegando, foi pedir que o ouvisse a Senhora, e, do primeiro pajem a quem o pediu, tal fulminante olhar recebeu, de soberbo desprezo, por resposta, que a qualquer outro, de mediano brio, lhe teria gelado o coração, ou fervido o sangue. Nem isto se deu nem aquilo tão endurecido se fizera ao longo da cínica sua existência. Mas logo se convenceu demasiado próximo estar aos vermes e todas as sevandijas da terra, e lacraias, minhocas, para que lhe fora algum dia permitido em pessoa falar à Duquesa, mesmo baixotinha, mesmo encerrada além do Equinócio em um ridículo fortim. Saltava-lhe à vista, porém, agora mais que nunca, o extraordinário que era atender ela ao Mouro ferreiro, e com tais cerimônias. De conspiratória razão, argüia ele, devera ser então a coisa, e por isto mesmo havia de pesquisar.

Pôs-se, pois, por misericórdia, a pedir que o ouvisse o próprio pajem, o mais ínfimo servente, e isto em lágrimas todo desmanchado, e descomposta mais ainda que no habitual a figura, de modo que invencível asco do moço se apossava. Haveis de entender: não era o corcunda simples da simplicidade do Mouro, nem de molde a inspirar simpática piedade. Antes pelo contrário, a duplicidade notava-se, espremida para fora de cada ruga e cada esgar; escapavam-se, e dava para sentir, olores de malvado egoísmo; a ferocidade entremostrava-se; a estupidez transparecia; a malquerença espirrava pelos poros e o cálculo semicerrava os olhos; escorria a untuosidade, do fundo dos mesmos olhos, e a gordurosa adulação acenava, a covardia deixava-se ver, no que o cinismo abanava as mãos, e dava a loucura adeusinho.

No pelancudo pescoço agitavam-se (entre pelancas) as cavilações, murmuravam calúnias; agarravam-se pequenos engodos e enredos à barba suja, como carrapatos, e peito abaixo escorregavam delações, perjúrios. Sobre a corcova equilibrava-se, carrancuda, a hipocrisia. Enfim, a malícia vulgar, e os assassinatos, a cabeça fora dos bolsos, vinham os olhinhos piscando a quem passasse.

Horrível, por certo de ver-se, pois babava-se todo, e ao asqueroso espetáculo juntava-se a rachada voz, fanhosa, chorosa, e como que aos escarros!

Com tais ruídos e gorgolejos quis falar o velho, e falou, sem desconhecer a náusea que inspirava, quiçá bem satisfeito dela, que já do desagradarem-se os outros algum prazer lhe vinha.

— Sabei, senhor meu — dizia, torcendo as mãos, enquanto de frios suores fazia-se a testa lustrosa, e emporcalhada toda a redondeza dos calções por flatos e maus odores.

— Sabei — insistia — este ferreiro a quem a vossa Senhora...

Foi-lhe a conta, pois, ao ouvir passar em tão nojenta boca o nome da fidalga, caiu-lhe o pajem em cima, ao velho, com tais violentos pontapés, e porretadas, que primeiro estourou-se-lhe um olho, e logo a narina direita, e parte do babado queixo pareceu desmontar-se, ou desabar, enquanto o estômago, tornado em pura dor, desfazia-se num torvelinho de vômitos.

— Pois, meu senhorzinho! Ai, senhor meu! Ai, senhorzinho! — implorava e continuava a gemer, na agonia, o vilão, e entre mais impulsos de vômito, mas pronto assim mesmo a seguir a fala, e lograr seu intento.

Digo-vos que não conheceu ainda o mundo quem tanto incitasse à violência, por seu simples parecer, e inspirasse o asco. E fazia-o, não mau grado seu, mas de caso pensado, certamente. Com malícia e, como parecia ser, infinito gozo.

Sempre falando, então, em meio a gozosos tormentos, pôde o velho despejar seu recado quase todo. Ouviu-lhe o pajem referir as congênitas marcas que adornavam o Mouro, em partes pudendas, e que prova suprema isto era de filiação real. Ouviu-o o pajem, e ia arrefecendo o ímpeto às cutiladas, quando o afoito velho, achando ter-lhe ganhado a atenção, ousou perguntar sobre a visita do Mouro ao fortim, e os papagaios. Toda emplastada e pisada a boca, entre pavorosos inchaços, ainda ousava interrogar, e risinhos de repulsivo deboche pareciam insinuar-se entre as palavras com que perguntava, e luziam os olhos raiados de sangue!

Maior repulsa não podia despertar-se nunca em ninguém, como a que violentamente irrompia lá de dentro do pajem, e chamava por castigo pior, que para sempre calasse a afoiteza do velho.

Com brutais arrastões e sacudidas, o corpo lhe esmurrou, até que se desprendessem por completo seus imundos trapos. Partia-se-lhe aqui um dente, ali voavam-lhe farrapos arrancados às vestes. Tendo-o todo nu, atou-o o pajem de bruços a grossas ferragens no chão. E agora sabeis o que se fez? Durante o resto da tarde, tendo os pajens catado pelos cantos o que havia de ferrinhos, corantes e agulhas no fortim, e unindo a arte de ferrações à da tatuagem, prepararam-se para imprimir, nas nádegas do alcagüete, sinal tão inesquecível quanto o de Loyola.

Lentamente, assim, foram-lhe assando e picando as carnes, que nas nádegas as tinha já excessivamente chochas e fibrosas, retas e caídas pelo formato, à feição de tábuas, mas por isso mesmo propícias, tal como papel em folha, à boa regularidade do desenho. E como rês gritava e estorcia-se o velho, intimamente, porém, deliciado, pois era aquele martírio todo como íntima e prévia justificação para as maldades que tinha já em mente praticar, contra a Senhora, e havia de fazê-lo.

Ia-se aos poucos, conformando o desenho, e logo um papagaio, perfeitamente representado, alto bem de um palmo, e nas cores naturais, sobre uma das nádegas defrontava-se com outro papagaio, em tudo igual, na nádega vizinha estampado. Entre uma e outra ave, sobre um e outro lado do rego que ali a natureza escava, figurava-se rubra caldeira, como a de Loyola, com efeito bem mais engenhosa, pois parecia ir ao fogo sobre as várias chamas que se tinham disposto, em brilhantes cores, ao redor do natural orifício, ali justamente situado, o qual semelhava então vistosa fogueira. E com tal engenho, e refinada arte trabalharam aqueles jovens, que, ao enrugarem-se ou ao expelir gases os lábios deste orifício, mexiam-se em curiosos trejeitos, movendo ao mesmo tempo as tatuadas chamas, tão conforme à realidade, que parecia estarem por debaixo lambendo o fundo da caldeira. Repetidamente puderam os artistas pajens apreciar o efeito desta invenção, tão pródigo era o velho nos prolongados flatos, e a todo instante viam dançar as chamas em contorções caprichosas.

Achava-se, portanto, o tratante punido e estampilhado, para escarmento seu e de todos os tratantes iguais, mas nem ia por isso menos disposto a tratantadas. Como diz lá o provérbio, que de escarmentados fazem-se os arteiros, ainda que este ao próprio escarmento parecia buscar, para antecipadamente dar-se razão em seus malfeitos.

Não lograra, porém, o velho o que queria: descobrir algum segredo com que à Duquesa pudesse mais facilmente extorquir ou lesar. Cauterizaram-lhe as feridas maiores, e o resto fizeram de modo que viesse a sarar, do jeito que melhor sabiam, e naquela noite mesmo devolveram-no ao mundo exterior, todo tatuado e, para sempre, condenado a sentar sobre papagaios. Ou, desnudo, jamais dar as costas a quem quer que fosse, para a ninguém proporcionar o espetáculo da fogueira.

Quanto à Senhora, não veio nunca a saber destes tantos sucessos, pois o dia inteiro recolhera-se ao senhoral aposento, a meditar sempre, e do todo só lhe contaram parte, e bem pequena, a que se referia às nádegas do Mouro, e a terem-se avistado ali as marcas de Loyola.

XXVIII

MAIS NÁDEGAS. *ET COETERA*

Junto à senhora, tal novidade de nádegas, crédito bem pouco mereceu. Não que descresse da Providência divina — não descria — que tudo dispõe para melhor justiça. Nem que duvidasse poder no filho surgir o mesmo sinal que ao pai, ainda no materno ventre, que para isto muita era a força de Deus e insondáveis, sempre, os naturais mistérios. Nem de nádegas achava fossem inapropriados veículos para que lá uma qualquer mensagem se imprimisse, sendo as nádegas, todas elas, filhas de Deus, como tudo que existe, e precedentes há, e vários, que mostram não desprezar Ele a menor possibilidade comunicativa; lembro o burro de Balaão, que profetizou, creio, ou, se bem isto não foi, ao menos as próprias pedras disse o Senhor que falariam, se Ele se calasse.

Pensou, apenas, a fidalga, que injusto era preferir o Senhor aos jesuítas, e de tão aberto modo manifestar sua parcialidade, ainda que também aí um precedente — e muito grande — havia, que era a eleição de um povo inteiro como predileto d'Ele, e em detrimento de todos os demais; não obstante, mostrou-se esta predileção, com o correr do tempo, ambígua, e, ao longo de muitos tumultuados episódios, menos predileção parecia que mútua e incessante perseguição, pouco mais ou menos como desfecho de velhos casos de amor. Não seria, ainda assim, insistia lá a moça com seus alfinetes, para de tal modo rebaixarem-se religiosos de prestígio como franciscanos, e tantos outros que no Reino se acotovelavam e altercavam sorver cruzados. Não, não havia de ser marcado, o Mouro, em partes traseiras, mesmo que filho do Rei.

E no entanto, a Senhora... a Senhora, falemos verdade — esperou. Esperava, esperou, teve esperanças — não há negar! Esperou, contra toda aparência esperando, que um milagre se desse, as nádegas, as pedras falassem, e fosse todo o sonho novamente verdade. Nem por isto a havemos de condenar, considerando antes como já se afeiçoava ao Mouro, devido à natural simpleza dele, que tanto do resto das pessoas diferia, até para melhor.

Certo que esperasse, então.

Mas não fora mister novas cerimônias, como — vêde! — já vai ela com seus parafusos parafusando, e não nos invente, ao menos, ritos daqueles seus — "A Demonstração", "Preciosas Nádegas", ou tolices que tais.

Pois não, não inventou a Duquesa coisas tamanhas, mas bem difícil era, haveis de convir, pedir-se, a um homem ferreiro ou lá qual seja seu ofício, que à nossa frente sem mais nem menos desça as calças, pois queremos ver-lhe as nádegas! E então se formos donzela, e duquesa?...

Ora, não imaginava a Senhora, em verdade, até que ponto ia a simpleza do Mouro, e como dela este a tal ponto se encantara, que qualquer pedido ordem seria, ainda a mais ligeira insinuação, e não carecia de tamanhos escrúpulos tomar-se, pois lhe seria a ele tudo natural, tanto vestir-se como despir-se, e até mesmo, agora, travestir-se, como papagaio ou que outra ave fora. Acresce que tempos eram aqueles mais rudes que os nossos; bem que não se desnudassem então, e jamais, por costume, os cristãos, por necessidade sem malícia o fariam, e em mais sérias coisas haviam que pensar, nesta carente Colônia, onde privações bem mais eram de temer-se que descobrir um colono sua posterior alvura e redondeza.

Concorreram estas razões todas para que não muito estranhasse o Mouro quererem ver-lhe as nádegas, bem que não via ali nada de interesse, e de bom grado prestou-se à singela cerimônia que afinal a Senhora conseguira imaginar.

E que era assim, vede. De início, no tabuleiro de sempre, ao meio do fortim, cercavam sete pajens ao Mouro, e mais outros quinze cercavam estes, em dois círculos, pois, concêntricos. Dava-lhes as costas a todos, a Senhora, enquanto isto, em meditação, no seu trono assentada, e olhando o mar. Retiravam os sete pajens ao Mouro os seus trapos, cuidando sempre em manter quase cerrados os olhos, sem, portanto, vê-lo, e dando-se por isto mil encontrões, e vestiam-no de amplo manto, azul-índigo e ouro (já nosso, por sinal, conhecido, pois forrava o escaler em que se depositara a Senhora, quando da nau desembarcou, e trazendo-a viera ter à praia, este barquinho, envolto em música).

Assim vestido o Mouro, a um dado sinal, cessava a Senhora de meditar, e era-lhe o homem apresentado, em tal esplendor azul sobre um alto pódio, feito o que, novamente, se escondia entre os pajens, e tornava a Senhora a meditar, a dar-lhe as costas.

Vinham de não sei onde agora quatro pajens, portando grande espelho, que punham de frente à Senhora, de modo que não veria ela nunca, diretamente, por pudor, as esperadas nádegas, mas, sim, através do espelho, só a refletida imagem, o que bem diferente se afigura, e de infinita delicadeza, e já por trás da Senhora, despiam novamente ao Mouro, mas sempre virando o rosto, sem olhá-lo, e traziam os pajens certo pano da altura de um homem, no qual um buraco se abrira de dois palmos, para que só as nádegas pudesse a Senhora abarcar com a vista, e nada mais.

Voltavam-lhe agora as costas os pajens todos, para não vê-lo ainda, e portanto desnudo não o vira ainda ninguém até aquele instante.

Pois era aquele o instante. Não soaram clarins, nem adufes, tambores, pois destes excessos tinha-se eximido a Senhora. Apenas um grave coro masculino entoava o que lhe fora mandado: "OHH, OHH, OHH e OOIH!" — e, no que diziam OOIH!", viravam-se todos para ver ao Mouro.

Ora deu-se que a mão do Céu, ou do Destino, ou, senão a mão, alguma sua boca ou bochecha, pôs-se a soprar neste momento fortes brisas e vigorosa lufada todo o pano enrolou, acabando por arrebatá-lo às mãos dos pajens, e lançou-o ao mar. Viu-se desnudo e elevado, sobre o alto pódio, o Mouro inteiro com sua esplêndida nudez.

Isto mesmo, e bem ouvistes: esplêndida nudez!

Pois a insondável Providência, de tal modo acerca dele as coisas dispusera, que em tudo diferia ele de todas as criaturas do mundo. Assim como, no rosto feiúra e desfiguração tamanha poucos anos seus lhe haviam impresso, em tudo o mais, no corpo, ali passeava a Beleza, e de novo passeava, e iam e vinham a Juventude, a Graça. E era-lhe a pele, onde não dava o sol, de tênue e cremoso leite, por delicadas sombras levemente moldada, em suaves, plácidos relevos — que lá e cá se alteavam em tão certos volumes, a um só tempo rijos e doces! Nem se podia passar com indiferença — fingida ou verdadeira — sem estacar-se abismado, em estarrecimento súbito, elétrico, tal a impressão de elegância que das esguias pernas se desprendia, de sua leve inflexão, entre de adolescente e maduro homem, que jamais seria de esperar-se ali, e da musculatura em sutis definições no torso, e no ventre! Ao conjunto todo avistara a Duquesa, assim no primeiro relancear, mas só, naturalmente, de costas, e de trás para diante, ou com os lados trocados, pois via pelo espelho. E também os pajens todos o viam, e, para maior espanto de quem não os havia de supor tocados por tal maravilha, deixavam-se na verdade tocar, e tanto que se lhes esqueciam já as marcas que antes procuravam.

Não se lembravam já do famoso sinal, nem pajens nem Duquesa. Foi preciso cair em si um deles: "Ai, Deus, e as nádegas?", para então acorrerem em tropel, e, postados com atenção frente às nádegas, procurarem o sinal.

Acharam? Descobriram, finalmente, a pequena marquinha que o destino todo decidiria de Brasil e Portugal, Índias e Algarves, Áfricas mil?

Ora, juro-vos: não sei.

Pois, leitores, pasmai. Tamanha foi a impressão por aquelas nádegas causada, tamanho impacto, que se diria nervoso; e elas com tal assombrosa perfeição continuavam e arrematavam o esplendor daquele corpo, sendo-lhe como o sublime fecho; e tão harmoniosos seus volumes, e formato que nem bem de fêmea ou varão se diria, ou sequer intermédio dos dois, mas de terceira essência a chamar-se, puramente, angélica; e tanto eram lisas, infinitamente, suas curvaturas, como polidas, em marfim, sem desairosos pêlos — para os lados, e para baixo, em estofadas bochechas alteando-se, mas na medida sempre exata, sem excesso algum que, por demasiado arredondá-las, as pudesse efeminar, e nem, por também excessiva musculação, as viesse embrutecer; e tão serenamente repousada, esta traseira parte, a ponto de a dizermos olímpica, até pela tranqüilidade com que se mexia ao acompanhar as longas pernas em movimentos de garça — mais acima, nas nádegas, em leve, bem leve agitação transformados, como que a afloração de um sentimento todo interior, e tal descanso da mente e espírito do Mouro até ali desciam e tão bem se concentravam, que eram tomados os espectadores de tais nádegas por uma espécie de inebriamento, e infinita paz, ou antes um pacífico desejo, que não desencarnado era, mas algo como intensamente físico e, ao mesmo tempo, espiritual, que falar-se poderia em carnespírito, ou sexalma, e absolutissexo; e, enfim, de tão inatingível perfeição eram aquelas nádegas, que, contemplando-as, após tamanho deslumbramento, saía-se na convicção que outras mais belas jamais houvera, desde que se criaram nádegas, valia dizer, desde a sua inicial criação, no Paraíso terrestre, ou desde aquelas de Adão, que certamente as tinha, mas não tão maravilhosas, pensamos, tratando-se de uma primeira experiência.

Ora, por respeitável desígnio de Deus, ocorre que eram realmente as nádegas do Mouro as mais belas que jamais existiram ou hão de existir. Não estejais surpresos, nada tendes aí de sandeu. Refleti que muitos são os graus de perfeição, e sempre nádegas, se umas a outras se compararem, a alguma haveis de julgar mais perfeitas que as restantes; e, assim, comparando-as todas, e, salvo o caso de empate, a um par chegaríeis que seria de todos o mais perfeito. Pois, e então, por que teríamos como impossível serem estas, justamente, as do Mouro?

Eram, sim, a perfeição extrema, entre todas as nádegas. Não admira que, deslumbradíssimos, a Senhora e seus pajens, pouco mais pensassem em marcas de Santo Inácio e, que pensassem, ínfima atenção lhes haviam de dar. Pequena miudezinha eram, agora, e de valia pouca, por isto não sei, não se soube nunca, por obra de tais perfeitas nádegas, se acaso as marcas faladas realmente existiram, alguma vez, e se de Inácio eram, ou de outro santo, e qual. Deixaram-se estar, essas benditas marcas, e ficaram as nádegas, como um luzeiro, ante os olhos de todos, brilhando!

Mas não só os olhos, de certo, tocados foram, porquanto os ares respiravam como que resfolegando, os pajens, que neles muito profundos impulsos urgiam, e mais de ano se fora sem que de fêmeas usassem, nem de naturais outros exutórios, nem antinaturais. E, zelosos que de nada se desse conta a Senhora, que toda deferência lhes merecera, incessantemente curvavam-se, e de mil outros artifícios lançavam mão, sem lograr muito bem esconder o que do fundo íntimo se lhes ia para fora, até dos calções sobressaindo, e duramente os exigia; ora, sem mais resistir, alguns, compulsivamente, iam-se da natural carga aliviando, e logo aqui outros, e já ali alguns mais, sem auxílio nenhum, mas espontaneamente, e, no mais digno, imóvel, heróico silêncio, apenas entrecortado de suspiros.

E, como nestes sucessivos alívios não se movia nenhum deles, e ruídos outros não emitiam, só suspiros, nada chegou a compreender a Duquesa, frente ao espelho imersa em profunda meditação. Nada, também, o Mouro, que lá de cima distraidamente contemplava, pensando acaso em faquinhas, tenazes, pequenos instrumentos de ferro.

E cafuque, cafute e pé de pato lambe mesa.

Sabença e lambança, comepança. E manipulança e dança, e molhagansa.

Balança, e lança

esperança!

E fica aí tudo dito.

Gostaríamos, ainda assim, de um livro que cantasse, e em música iria tudo mais exatamente expresso. Só então devidamente captaríeis o extraordinário rebuliço de sensações em desencontro, com o efeito de remoinhantes delíquios, no íntimo de todos, ali no alto do fortim, que contemplavam um mouro nu. O que seria fruto, estes delíquios, da contemplação, mas poderia ser igualmente a brisa fresca do entardecer, que de frio os pelinhos arrepiavam a todos os espectadores, mais ainda que ao Mouro, e curioso é, pois pelado este se achava, e os outros não. Em suma, ficaram ali pajens e Duquesa, por um certo tempo, como que esquecidos, bebendo os ventos, e do seu distraído ar não conseguiu tirá-los nem o estrondo de umas galharias que lá do alto das árvores despencavam, já o adivinhais, ao peso do obstinado velho, o alcagüete aguadeiro, ora assentado em papagaios, e que tanto teimava em espionar.

Não ouviram nada, porém, e nesse distraído esquecimento se deixariam ficar, sem comer nem dormir, e sobre o pedestal, minguaria também à fome o pobre Mouro, que a ninguém ocorria mandar de volta para casa. Assim seria, não fora um deles, muito por acaso, pousar os olhos no hediondo rosto do moço, e no mesmo instante voltar à realidade, dando conta de si como quem de um sonho cai. Pois fizera Deus o corpo do Mouro, é curioso, assim como, de um lado, (ou em cima) estando o veneno, e, do outro, (ou mais abaixo), seu antídoto. E vice-versa, conforme a hora e as necessidades de cada um. Destarte, aborrecendo alguém o rosto, e enojando-se, logo as partes inferiores (mas em qualidade, superiores) o haveriam de confortar, fazendo-lhe muito agrado; e embevecendo-se alguém perdidamente na contemplação daquelas esplêndidas partes que ornamento lhe eram, ao Mouro, só mesmo pelo aborrecimento de ver-lhe o rosto despertaria esse alguém do êxtase, e se desfaria o encanto. Foi como aconteceu naquele dia, no fortim. E logo o que do encantamento despertara, esse primeiro pajem, recobrado veio a acordar os demais, e encaminharam-se todos, ainda meio no ar, para seus prosaicos afazeres. Ficou ali sozinho o Mouro, sem saber o que mais queriam dele, e achou que mais sensato fora vestir-se e ir embora, e assim o fez.

Foi esta a segunda cerimônia de que participou o Mouro e uma das últimas, mas exatamente a penúltima. Por muitos dias ainda permaneceram os do fortim como que em devaneio, enquanto prolongados silêncios vinham substituir a azáfama dos dias comuns, e suspiros, inesperados suspiros, ouviam-se aqui e ali, repetidamente.

XXIX

A GRANDE SURPRESA

Bom, encurtemos a história. Mas como, assim de modo franco e brutal? E num só repente anunciando o que temos a anunciar, esta novidade incrível, na qual justamente por ser incrível, não sereis talvez capazes de crer? Ou havemos de alongar os como, os porque sim, os porque não, para melhor preparar-vos antes da grande, da grande notícia — não vos faça mal ao peito, sempre sensível, de leitores atentos. Pois aos desatentos não é mister preparar, sendo que não prestam atenção exatamente para não assustar-se nunca, e terminam a história sem nada entender, mas em boa saúde — dou-lhes razão.

Mas que seja, vamos logo contar. Só que assim meio baixinho, e é pena irem estas letras todas num corpo só, porque as preferiríamos bem pequenininhas, para participar-vos, quase ao pé do ouvido, que... que a Duquesa... a Duquesa... A DUQUESA VAI CASAR!!

Bem ouvistes? Não vos arrebentaram os ouvidos? Pois é a verdade, vai mesmo casar-se. E sabeis com quem? Ora se não sabeis! Quanto quiserdes aposto, um só dentre vós não haverá que não esteja com seus botões cochichando: "com o Mouro, com o Mouro...". E cochichais bem, porque acertastes. Mas não acertais o motivo, pois nem um pouco duvido que as maravilhas deste moço tendes em mente, aquelas que na parte inferior há pouco se descobriram, e julgais que por cobiçá-las vai casar-se a fidalga.

Ora, não a conheceis. Que símplice procedimento este: "quero-as (as maravilhas, sabeis quais), e vou casar-me, para tê-las!" Não assim, jamais, fazem os apóstolos, menos ainda as apóstolas, do Dever. Antes hão de argüir, por mil tortuosos meandros, e com certeza inabalável, ser obrigação sua casar-se, e grave falta não fazê-lo — o que provarão com argumentos vários, que podem ir desde a necessidade de sobreviver a humana espécie, até a de continuar uma dinastia. E daí, sem vacilações, hão de concluir: "impõe-me o Dever, e é dever sagrado, que despose tal criatura". Sendo, pode acontecer, tal criatura, apenas por acaso, aquela a quem loucamente se deseja — só por acaso.

Diferentemente não fez a Senhora. Mas tinha esta a guiá-la a Santa, Apolônia, a quem rogou a iluminasse.

Contou-lhe tudo, a Duquesa, à celestial patrona. Ouviu a Santa como do Mouro não se sabia se era, ou não, filho do Rei. Não ouviu das marcas, pois já delas completamente se esquecera a moça, mas confusamente soube que era o ferreiro muito feio, pavoroso que era, e era belo, muito belo, e quem sabe não cabia desposá-lo, para mortificar-se, por causa de sua feiúra, que horrendo parecia, mas belo, e não seria filho do Rei, mas quem sabe, se fosse, e já se lhe perdesse a geração, nenhum herdeiro mais do Rei existiria, e afinal tão feio, e tão belo, e assim por diante, de mais tumultuosa maneira, inextricavelmente.

Olhou-a Apolônia, que dificilmente a teria entendido, mas afinal não pôde ignorar os rubores e desajeitados silêncios, e hesitações, gagueiras. "Inda que sou tosca, bem lhe vejo a mosca..." pensou lá consigo, dentro de sua santidade, e impacientou-se:

— "Ora, casa-te", abreviou, "e deixa-te de nervos".

Nem ainda assim tranqüilizou-se a moça, justificando-se

mais uma e outra vez, e aduzindo este argumento sempre que não poderia ficar sem netos Sebastião (caso se provasse um dia o Mouro como filho), nem perder-se, para sempre, esta semente dele, e que, se descendentes deveram existir, que fossem ao menos de nobre casa, não da ralé, e que bem antiga nobreza era a que trazia a Senhora, nas veias, por pais e tios, e que se oferecia ela, mas que não fosse por enganosos prazeres da carne, que assim não valeria e não houvera de querer nunca, e, por aí, tergiversando discorria, sem dar sinal de interromper-se, quando tomou a si a própria Apolônia estancar a enxurrada: — "Melhor é desejo que fastio..." assegurou, com filosofia e resignação, numa fórmula toda sua; e bem mais expressiva que a de outro Santo era, o festejado Paulo, o qual, um dia, certamente depois de diálogos tão constrangedores quanto este, concluiu, num suspiro, que "antes casar do que abrasar!"

E pensou ainda a Santa que muito padecimento havia de amargar a donzela, que achara de meter-se em tão desigual enlace, e com tão estapafúrdio noivo. "Mas, amar e saber..." — Apolônia abanou a cabeça — "não pode ser!". E deixou por aí estar tudo, regressando ao Céu, sem que mais a ocupasse este caso.

Oh, Santa! Oh, Apolônia, virgem e mártir! Pois não te deixaste desta vez enganar, e bem compreendeste o que na alma da Duquesa ia. Mas não cuidaste acaso, nem zelar quiseste, por este que era de teus zelos o mais urgente e a mais de todas encarecida entre tuas filhas! "*Tantaene animis...*" perguntamos, "que ira não, mas que tamanha cegueira pode habitar espíritos do Céu"!

Pois não conhecias tu, com dons de ver e antever que te há conferido Deus poderoso, que pavoroso martírio a aguarda, não o vias, em sua inocência e boa-fé? Como a um cordeiro arrastam-na, e não te arrojas em seu socorro! Tiveram nossos braços poder tamanho, como a não haviam de deter, nesta carreira funesta em que se precipita, e pelos ares alçá-la, segura, consolada, navegando rumo a mais doces destinos! Como aos malfeitores havíamos de ir-lhes, com o arco da verdade, setas de justiça, e pela espada até o extermínio cometê-los, a mesma espada chamejante, aquela, com que nos expulsou o Anjo do Paraíso — e demasiado foi, então, pois não corria perigo o Paraíso, e corre, agora, o mais extremo perigo a Senhora, e ninguém há, nem anjo ou deus algum que por isto olhe!

Fique pois assentado, aqui, e na forma que bem queiram, mas assentado, firmemente, e para sempre havido em registro: que protestamos, e recusamos, e não fingiremos jamais entender, tanta omissão do Céu, contra a Senhora ou quem mais seja. E solenemente registramos que por igual modo não havíamos de fazer, fôramos nós ou Deus ou deuses ou santos, e de qualquer falange, credo, matiz.

Paciência, somos mortais. Resta-nos acompanhar, em nossa poltrona, o espetáculo de absurdos a que nos foi dado assistir, para o que recebemos grátis nossos ingressos, e nem bem explicaram quem nos terá convidado, e se é a promoção realmente gratuita — ou esperam talvez sejamos a claque deste mau autor! Plaudite, cives! Ora não, não aplaudimos. Fique-se lá o péssimo autor a remoer tanto fracasso, e nós, forçados que somos a tudo contemplar, neste teatro da vida prisioneiros, platéia e da mesma forma elenco, juramos, e mais uma vez juramos, vaiar sempre e sem descanso quem a toda esta tolice inventou, e vaiar, vaiar, numa pateada imensa, até sermos obrigados por seus prepostos a deixar a sala, pela porta dos fundos, dentro de um ridículo caixão.

Vamos, entretanto, seguindo, ao longo deste derradeiro ato, o drama da donzela, ato decisivo, pois deixará ela agora de ser donzela, e em si não muda isto nada, ou pouco, mas do fato vai aproveitar-se o Destino, ou lá quem seja o autor do drama, para apressar-lhe o injusto desfecho.

Temos então que achou a Senhora de casar-se com o Mouro, para que não vá perder-se esta suposta não-sei-quem-sabe-eventual-vá-se-lá-saber linhagem do Desejado. É este o motivo, ao menos o principal, pois assim ela crê. E como se fará agora o pedido: quem pedirá quem? Certo que à fidalga não lhe passou, nem um instante, não querê-la talvez o moço como esposa. "Compareça Vossa Mercê a tal data para desposar a Duquesa..." Terá sido então, assim, o pedido? Pois acreditai: foi. Assim mesmo. Foram os pajens de sempre à ferraria — aquele humilde telheiro — e ao Mouro com muita simplicidade intimaram. Não pediram, nem solicitaram — puramente notificaram, intimaram, ao pobre homem recrutaram para o serviço conjugal, do mesmo modo como se fora servir ao quartel.

Relutou, discutiu, o ferreiro? Não, como tampouco relutam nem discutem os pobres recrutas quando vão servir. E como eles sentia-se também eleito, eleito para o sacrifício, orgulhoso de certa forma, por ser ele o escolhido e não outro, tal como o recruta que fala do "seu" serviço militar, assim como quem diz "minha" morte, coisa muito cara e íntima, que não pertence a mais ninguém, a ele só.

Aceitou — ou antes, nada opôs, nem poderia — e marcou-se a data de imediato para dali a um mês, e no dia lá se foi — ó deliciosa inocência — de banho tomado (que assim se usava, antes de casar-se), e com o melhor de seus trapos sobre o corpo todo, a ocultar-lhe as mil preciosidades que conhecemos.

XXX

TRAJES

Não suspeitava o moço que em outra veste havia de casar-se, e já com ela às mãos o aguardavam três pajens, que eram como alfaiates e costureiros naquele fortim. Trocaram-lhe, pois, as roupas — naturalmente de olhos fechados, para não haver suspiros — e agora necessariamente temos, sem falta, que descrever-vos a extraordinária veste nupcial.

Muito bufantes calções, não ignorais, naquele tempo começavam de usar-se, e até aí está bom. Que pujante fantasia teria exaltado, porém, a Senhora e seus costureiros, que arrebatamento a mover-lhes as mãos, para construir, no pano, tão esplêndido e gigantesco sonho, tão exuberantes calções, repolhudos, ufanos, triunfais! Varas e côvados, ou que mais medidas naquele tempo medissem, o tamanho diriam, não a loucura do feitio! Palavras falariam, e não dariam conta dos sutis contrastes, e mil tons, e o gosto, a louca volúpia de traçar meandros, e as mais ínfimas e miudinhas aplicações, que não em milímetros tampouco se descrevem, mas em mapa de paixões infinito, pois a alguma profunda e intrincada paixão devia corresponder cada uma daquelas floraçõezinhas, e pétalas minúsculas, o microscópico estame ou pistilo. E no interior dessas diminutas figuras bordaram outras os bordadores, menores ainda, tais como corações em chamas, e entreabertos lábios prestes a beijar ou, em pleno ato de amor, desnudas figuras. E ainda, dentro do umbigo de cada uma destas figuras, passagens inteiras, das Escrituras Sagradas reproduzidas, e que eram bem doidas frases da rainha de Sabá.

E ao que desdenhasse descer até o mais fundo desses miniaturais ornatos, antes para os calções totais se voltasse, já aí o feitio deslumbrava, pois nunca tanto se realçara, como naquela peça, o imenso volume, por uma sabedoria de cortes e mil artificiosas minúcias, e trato das cores, a um ponto que desmedido balão semelhava, feito da confusão de duas esferas enormes — que eram as pernas dos calções. Tanto, porém, quanto descomunal, ia também leve e gracioso, como se escumilha fora, ou fio ló, bem que era de pesados damascos, e brocados, veludos e mais encorpadíssimos panos — tudo graças, ainda, aos tais artifícios costureirais, ou alfaiáticos.

Mas, atados e reatados, abaixo e acima dos joelhos (até onde chegavam tais retumbantes calções) cordéis de ouro e multidão de rubis, estes botões de fogo e sangue, caíam em cascata, para segurança das suaves meias, que aéreo devaneio é o que semelhavam, estas: sedas levinhas, ares, soprilhos. E não vedes as infinitas, tenras folhinhas de ouro e cores dágua que já, perna acima, pela seda se vão esparramando, em tão íntimo e natural conluio, antes que bordado, que ali mesmo nascidas e por força própria a vicejar diríamos, sem concurso de solo ou artes jardineiras? E ainda uma parte destas meias, em variadas castas de amarelo que do canaríssimo iam até o solar ou girassólico e ao citrino, e o crisantêmico, e uns aos outros discretamente rebatendo, já não na seda, mas em sutis tricotados, no lado exterior dos mesmos citados joelhos — crescia, então, esta parte das meias, e como dois esplêndidos laços desabrochava, para em glória arrematar cordões, atacas, rubis!

Vamos, vamos aos sapatos, — de onde pareciam irromper,

como de duas preciosas urnas, aquelas folhagens meia acima, e dois prodígios eram, pelo formato, e em macio couro arquitetados, marroquinho, e em veludo e seda e, na sola, delgada cortiça. Mas afinal bem símplices, que de alguma pouca pedraria, só, vinham adornados, sendo que não abundavam pedras na Colônia, então, destas preciosas, quais logo se fariam achar e a tudo de ponta-cabeça subverter, e desgovernar — as próprias cabeças, inclusive — seja na Colônia ou no Reino.

Mas de sapatos que tais não se haviam de desperceber os circunstantes, se para fora dos elevados saltos, que se começavam também de usar, (mas aqui, estes, bem mais alteados, a semelhar pedestais), portinholas se abriam, tão mimosas, deixando ver que eram tais saltos, na verdade, gaiolinhas de prata, e no íntimo recesso delas um mecanismo autômato ocultavam, do mais porfiado engenho, que duas minúsculas pombinhas, bem alvas, uma à outra fazia bicarem-se, no amoroso enlevo, chegando a escutar-se o seu doce arrulo, a cada passo a que se lançavam os pés.

E "prr", "prr", "prr", lá se ia o noivo, mas esquecia-me de dizer os portentosos laços que aos mesmos sapatos encerravam com chave de ouro, pois dali, e também do próprio couro sapatal, um feiticeiro, inebriante perfume se ia evolando, e recendia a todas as florações mais amoráveis, desde a das laranjeiras e limões àquela levíssima do jambo, e lírios-do-brejo, com mais a alma das pitangas, bacuris, cajás, cajus, abacaxis e carambolas, e as filhotinhas mangas, frescas, recém-caídas ao chão, depois das chuvas do amanhecer. Laivos de damas-da-noite, talvez, longe, mas principalmente cravos os arredondados bicos exalavam, traiçoeiras extremidades aquelas, que em outros haviam de malcheirar, mas eram frescos cravos, limpos, sadios, como as mais limpas das mulheres portuguesas que trabalham e se lavam, sempre, ao fim de um dia de muito trabalhar, e vêm à mesa ainda respingando, todas sorridentes, vestidas com linho azul. E ainda destas pontas de sapato em delicadas nuvens a alfazema subia, como o vetiver ou capim-cheiroso-das-gavetas, de todos os aromas o mais precioso, e o que se refugia por vergonhoso recato, e máxima pureza, nos armários de roupa lavada, e a guiné-cheirosa, o timo, a tília, lembranças vagas de tuia, e por último a harmonia de todas as essências do universo da carne, condensadas no incrível banho de amaci.

E vai o noivo caminhando, e todos os olores cantam a glória de Deus, como aspirados e cheirados hinos, não apenas musicados, mas música mais total, pois cantada por toda a carne, e com o olfato, paladar e, afinal, todos os cinco sentidos, e os mais que houver, que tudo se mistura, se penetra e confunde nesta magnífica manhã de amor.

Ó núpcias, núpcias! Comungam todos: os mais embotados, até, em seus amorativos órgãos, e os aposentados e apartados, em aposentos e apartamentos agora justamente desertos do amor, infreqüentados. Mesmo estes, vede, ali se juntam. Mesmo os do amor jubilados — ao júbilo universal!

Ó branco júbilo! As luvas, pelicas e pelúcias, e os tafetás, o lenço, debruados pelas mais brancas rendas de Flandres, e com mil pérolas: em tudo o mesmo perfume, gosto, imagem e sabor alvejavam, e via-se, tocava-se, cheirava-se e saboreava-se todo aquele alvo delírio em que se transformara o noivo.

E era o gibão também de prata e alvas rendas, desde o acolchoado enchimento aos ombros (ora, bem disfarçado par de sachês tinha-se ali, pois fora, este enchimento, naquelas mesmas essências embebido que dos sapatos escapavam para o ar) até as vastas abas inferiores; e assim também de prata a cinta, e de prata a bolsa e os colares, e de renda os rendadíssimos punhos. E afinal a massa toda, desmedido edifício composto por andares e camadas — gibão e dependências, ou anexos, já acima referidos; e jaqueta; capa, este bem curto e argentino pedaço de céu, este emaranhado indizível, de bordadas narrativas, onde com agulha se pintara o próprio enlace em andamento, com as figuras dos noivos e dos circunstantes e, sobre estes tais, e em letra miudinha, chistosos comentários e — ó maravilha! maravilha! — a própria capa se representava dentro da capa total, e assim por diante outras dentro de si, em ponto cada vez menor até o infinitésimo; e à batina assim chamada, folgadíssima jaqueta que até a altura dos quadris prateava e faiscava, veludos cor de prata, estranha e belíssima coisa, a vinham guarnecendo; e afinal, sobre tudo, exatamente o sobretudo, ou gabão chamado, amplo como o mundo, vasto como Deus, e comprido a chegar ao chão, com bufantíssimas mangas — era tudo, talvez não festões e astrágalos, como num edifício seria, mas uma infinita festa era ali, de borlas e pompons, e pingentes pompas, e berloques, alamares, passamanes, rufos, espirros, chuveiros, berliques e, novamente, berloques, e mesmo badalhoques, franjas, penduricalhos.

Mas de rufos falamos? Ora vamos ao rufos. Sabeis o que são, que eram, naquele tempo, rufos?

Eram golas. Eram galas.

Eram a etiqueta rigorosa e altiva, e a pompa, o garbo, o pundonor. Eram a notável rigidez das nucas, que da rígida Espanha a mais moles pescoços passara, um dia, até endurecer-se a Cristandade em um só universal torcicolo.

E eram os rufos círculos de fulgor, roda de canudos, cada um deles, que já nem encanudadas rendas semelhavam, mas raios, raios e mais raios de cristais de neve, e resplendor solar. Via-se ali o rosto, ao centro, como realmente o centro de todas as coisas realçado, constituindo os cavalheiros pequenos sóis; bem que antes girassóis pareciam, sobretudo os loiros e aloirados, tendo como que afogada a cabeça (de ouro) em brancas pétalas e neste caso margaridas mais propriamente se diriam, mas outros alguns, de um loiro bem trigueiro, faziam tingir-se tais preciosos círculos de amarelo, de modo a representar o todo com perfeição o dito girassol, sendo que *de gustibus et coloribus*, sabeis, *non disputandum est* e, se os gostos fossem iguais, o que seria, meu Deus, deste mesmo amarelo? — ou que seria, afinal, do próprio girassol, que mais estranha coisa não se viu ainda por Natura criada, e por isto nasceu aí nesse dia tal anexim, e chega, porque ao noivo havemos de voltar, ou termina-se o casório e ainda cá estamos, às voltas com girassóis.

Mas de rufos temos ainda sem falta o que dizer, porquanto certa particular qualidade ao rufo em questão, o do noivo, de todos outros rufos no mundo distinguiam. E isto era que, com ser incomumente vasta nos seus raios, e refolhuda, a ponto de parecer descomunal, não pousava aquela alvíssima roda diretamente sobre os ombros do que a vestia — vede vós mesmos como, pescoço acima, se ia o gibão prolongando, a modo de altíssimo e apertado colarinho, e lá bem ao topo equilibrava-se aquela neve toda, esplendidamente, qual prato fora, ou redonda bandeja, sendo de notar que, afogado o queixo em rendas, vinha ali a cabeça servida um pouco à feição dos patos ou leitões assados.

Não fazia isto à Senhora pejo, bem provado nos parece, ainda que tão belas núpcias vinha deslustrar com algo canibal. Mas não seria ela a deixar-se contrastar por miudinha coisa, que já ao pé do altar (contra todo costume, que o contrário estava a exigir) pelo noivo esperava, e ora afinal vinha este, conduzido por pajens, exatamente como prato a servir-se, na redonda travessa.

Entretanto, bem quereríeis saber — não me enganeis — o que vestia a noiva. E já vos direi. Vestia ela panos que sempre vestiu, desde lá o dia em que no fortim se trancara a sete chaves, e que eram uns tintos de algodão, (não mais sobre eles que uma capa de baeta ou manto de sarja portava a cada dia, pobres panos também estes eram, nesse tempo, e hoje). Pois entendeis: a toda tafulice renunciara, a nossa fidalga, por só cuidar do Mouro e Portugal, e logo destas pobrezas muito se agradava por estarem dizendo recato e penitência, e outras mais virtudes que bom seria agora manifestarem-se, em tempo de meditação e pausa. E nem aqui, ao casar-se, quisera aparecer de diversa maneira, não se vendo bem como noiva, antes como ministra ou governadora de tal enlace, e diretora de cena.

Maravilhosa coisa foi, então, que consentisse no que lhe pediam todos — depois de longamente pelejarem, pouco afinal isto era, o que lhe rogavam: que um toque, ao menos, ou dois, de festiva gala havia de trazer naqueles seus panos, porque não visse o mundo como desdouro este despojar-se (ainda que era só modéstia e sacrifício), e já ela nisto ia assentindo.

E estamos em que não veria o mundo nada, já que de fora nada se via do fortim, ao menos que lá à copa das árvores subissem macacos a espiar, ou espiões, como o tatuadíssimo velho, de quem estais lembrados. Mesmo assim consentiu esta Senhora no que diziam, tomando a si fazê-lo ela própria e, ó não o tomasse! ó não o fizesse! Pois lamentavelmente faltava-lhe às vezes tino para umas coisas da vida, e tais estas eram como proporção, louçania e graça; de sorte que, sendo baixotinha e larga, uma invenção que neste tempo se fizera, bem que não para baixotinhas senhoras, nem largas, achou de usar, porque a usava em Inglaterra a mesma rainha, que aliás não casaria nunca; e em certas armações consistia, qual círculos de pau, ou bambolê, mas igualmente arame pudera ser, ou baleia, quero dizer as barbatanas dela, sendo que não baleia a noiva semelhava, antes marionete e cavalinhos de reisado, ou bumba-meu-boi, quem sabe daí vieram. Pois era cada manga aos ombros altíssima e para cima repuxada, como que por invisíveis cordéis, e com o bambolê armava-se horizontalmente a saia, ao nível da cintura — largo bastidor, vasto tabuleiro — enfim caía esta mesma saia, às bordas do bambolê, verticalmente até o chão. Não era isto, então, fingindo cavalo ou vaquinha, em tempo de Reis, ou boi-janeiro?

Era-o, sem dúvida, sendo-o mais ainda pela miséria do pano em que vinha toda esta coisa armada. Certo que o pescoço, concedera a Senhora orná-lo, e para isto de belíssimo rufo triplo, ou acaso quíntuplo, sêxtuplo, se tinha provido, um que se usava então, na traseira parte alevantado, como se fora touca ou bem alta aba de capa, e assim a levavam muitas outras duquesas, em Holanda, Flandres, Alemanha. Mas ó lástima, e tristeza, que não eram as fidalgas, nestes países, sem pescoço, como a nossa vinha a ser, com o resultado de conferir-lhe à cabeça, tal golilha, bem que de finas rendas fabricada, realmente aspectos de couve, tanto lhe excedia esta gola a altura, conjuntamente, de crânio e toucado, e toda a cercadura do rosto fora engolfada pelas rendas, que já as mais feições iam tragando, à medida que se mexia a cabeça, presas do carnívoro pompom.

Ora, bem ou mal, com ou sem finuras, casavam-se, e é isto que nos importa, casavam-se.

E quem os casava? Um padre?

Não diz a história. Bem podia ser que um padre, quem sabe a própria noiva — e por que não? — pois lá bem se entendia ela em teologia e canonices, e se do sacramento são eles mesmos, os noivos, ministro, ao mesmo tempo que ministrados, como nos diz a doutrina, e os doutrinadores nos ocultam — então, por que não? — e mais provável fora, e ponto final.

XXXI

O FIM

Bom, casaram-se, finalmente, bem casados estão.

E agora desce novamente o pano sobre nossa história, pois nada sabemos, nem registrado ficou, nem sobre as núpcias, nem sobre o que se lhes seguiu, que há de ter sido igual ao que se lhes segue sempre, com diferenças devidas à intensidade da noiva e às excelências do seu par.

Houve, sim, sobre alguns assuntos, conjecturas. E rumores, alusões, coisas difíceis de entender, já de si — em antiguidade assim tão esquecida: quanto mais!

Ora, eram boatos, murmúrios esquivos, tão-só, com respeito a vagidos à noite que se podiam escutar, ou ao menos escutaria quem pelas árvores viesse marinhando (como certo corcunda aguadeiro), nos troços de mata próximos ao muro, ali de onde se tinha visão do fortim. Até nós só isto chegou. Amaram-se? Filho houveram? Quem saberá?

Vai o silêncio silenciando, cada vez mais, até a pavorosa data em que arribaram ao Povoado corsários (que cossários os colonos chamavam, e muito compreensivelmente, tanta cossa haviam de recordar-lhes), e então explode este silêncio em um estrondo infernal.

Mas antes deixou-se de ver, por um tempo, o velho aguadeiro. E pensou-se que se afogara, e sobre tão lamentável criatura não pensou ninguém mais nada, dando ainda graças por não precisar fazê-lo, quando afinal reapareceu, soube-o alguém não sei como, à frente dos corsários!

À frente desses infames homicidas, sim. Lá vinha ele. E eram como farinha do mesmo saco, ou vinho da mesma pipa, e ainda filhotes da mesma ninhada. Eram todos escória e poço de enganos, pois sim. Mas como se dá que — sendo estrangeira aquela corja, ou de França ou Inglaterra extraída, com mais o rebotalho de Flandres, e Alemanhas e Holanda, e Zelândia, quem sabe se Irlanda e quantas landas e lândias — como se dá que esteja ali nosso alcagüete, o mesmo corcunda e conhecido aguadeiro, ali a falar-lhes e obter resposta?

E esperem, esperem, atenção — que língua estão mesmo a falar, estes velhacos hereges? Acaso as de França e Inglaterra, como era de crer? Quiçá outras de então, palpitantes, hoje evanescentes, lembranças gaélicas ou goidélicas, e flamengas, raridades, relíquias e renitências revoltas, ressurreições, empecilhos... Ou papiamentos, bons papos? Gírias, línguas gerais, línguas goradas? Nheengatus? Língua zulu, latim?

Escutai, escutai. Mais de perto.

Pois não ouvistes? Falam em bom português!

Pois nossa língua falam, estão falando, estão a falar. E muito a sabem, como a sabemos nós, bem que aqui e ali alguns são castelhanos, que a língua de Castela usam, e uns poucos o catalão, o aragonês, o valenciano, e ainda o basco imortal, e mais outros o galego e o português riodonorês, e guadramilês — todas as línguas da Ibéria, nossa Ibéria, então sob a glória de Felipe reunida, sob suas fortes asas, como pintinhos, acaso discordes, mas reunidos. (Só a destoar aqueles destoantes portugueses; que destoam sempre, com a sua fundamental recusa, rebelião quando dá-se o azo, e não convivem, nem se fundem, e não há de se saber por que, nem o sabem eles, nem nós, coisa parece atávica, e de remotas razões, que a toda ciência escapam. E que fundamente lá se escondem, na pré, proto, preto-história deles, que assim rebeldes vão, eras afora, com seu segredo que nem sabem qual seja, a resistir e a reviver e a renegar, e mais uma vez voltar e renascer, crescer, voar. E por que não se dissolvem neste vasto seio, louca Ibéria, como bem quereriam muitos Felipes, e como outros quase, quase se dissolverão? Um prêmio a quem disser.)

Enfim, estava ali toda a Ibéria, o corcunda aguadeiro à frente, pela pior vil ralé representada, aquela que é sua importantíssima face negra, e o avesso de suas virtudes, e formada vinha por todas as cegueiras e covardias e predações, ferocidades, racismos, imediatismos, e submissões, fanatismos, e massificações, beatice, egoísmos.

E estavam ali grão-senhores inquisidores, com sua ganância, e a flor da tolice e ignorância.

E vinham seus parentes-descendentes, que já na Colônia se criavam, aguçando os dentes, e preparavam-se e davam-se à sua futura história, à desistência e à desmemória, à des-história, à imitação simplória, e ao lucro sem glória. Pois eram rebentos dignos de seus pais malignos, mas com gênio diverso, já são outro universo, nascidos de outro clima, em outro céu, em outros signos...

E assim será, assim é. Mas, por enquanto, em nossa praia onde desembarcam renegados assaltantes daquele tempo, não os de agora, (e que nossa língua falam, como pode isto ser, sendo corsários? tanto que em terra põem os pés, já o velho vão seguindo, e guia-os o alcagüete até o fortim, onde cessara a resistência, a dizer melhor, os poucos tiros que dois ou três arcabuzes modestamente faziam; e tudo cessara, desde que em fumacentas bombardadas as naus do inimigo, com mais urcas e zavras, caravelas, caravelões, galeões, galeotas, o que for que em águas navegasse, lhes haviam, aos da Senhora, expedido a morte e a destruição.

Esperaram, ainda assim, os invasores, a ver se não lhes saíam a campo alguns sobreviventes e, não lhes saindo ninguém, abalroaram com forte tronco parte dos portões, e logo dos frágeis muros um lanço, e dois, até escancarar-se a fortificação inteira, como partido ventre, de que se avistavam as horrorosas entranhas.

Horror, de fato, era o que mostravam, com tantos espedaçados cadáveres, disjecta membra — e sangue e miolos por tudo esparramados, a se nos escorregarem os pés — todos mortos ou a morrer, lá estão.

Não, nem a altura temos, nem o estilo severo e grave em que tudo se há de descrever, e não vamos fazê-lo. Cessam aqui a galhofa, e o pequeno gracejo, tolas ninharias que ante as coisas maiores se recolhem, de sua insignificância convictas, e envergonham-se, e a presunçosa ironia... *paulo maiora canamus! Canamus, lugeamus!* Ludíbrio dos deuses somos.

Uma voz forte nos exige, e dentro de nós irrompe, e quer falar, e treme, afinal, até desmanchar-se em lágrimas. Pois vimos ali dentro, pior que a morte, pior que a dor, e o mais obsceno, o mais físico dos sofrimentos: vimos ali o fim de todos os sonhos.

Delicadas visões, anseios a arder, planos e estratégias que se evolavam qual fumo, nos ares arquitetados e desfeitos, a toda hora refeitos, tal as nuvens, coisas levíssimas — troços eram, agora repulsivos como vômitos, do esfacelado cérebro da Senhora; massa gelatinosa que fora por toda parte espirrada, e envilecida; repugnâncias cor de cinza que se puderam pisar e esfregar ao chão, ali naquela grosseira pedra, igual a lesmas.

E isto, isto que nos vem afogando o coração em angustiadas

ondas, abismos, desalento — isto mesmo os invasores encontraram, e tomavam-se de júbilo. Até o histerismo, parecia, ao exaltarem-se em berros, sapateios e exibições anais.

E ia-se-lhes amainando o furor.

Mas recresceu de súbito, pois chegavam eles ao centro do fortim, e viram. Viram sentada a Fidalga, ainda cheia de majestade, ao meio da manjedoura ou cocho circular, fraturada e esvaziada a cabeça de seus nobres enchimentos — vítima de estilhaços, quem sabe, mortíferos, ou pedras que saltaram, pedaços de trave, que são estas humildes coisas nossos donos, senhores, assassinos, e assim nos querem os deuses rebaixar, para não galgarmos olimpos. E bicam-nos o fígado seus abutres. (Pois a todo momento lhes estamos e estaremos roubando a algum deus, o fogo, e para nós serve, não a eles, desculpem-nos, deuses, não voltaremos atrás.)

E via-se o Mouro aos pés da Senhora, também pelo bombardeio ferido e a expirar, mas intocadas ficavam as partes aquelas que lhe foram motivo de muita honra e que entre os homens não se haviam de repetir, nunca mais, em mouro algum, nem, em não-mouros, e tantos, tantas, o hão de lamentar — pois lamentem-se, que ainda um último horror está por vir.

Rindo-se, e em muito bom português, mofavam os estranhos corsários, e ainda escarnecendo acharam de atá-los um ao outro, os dois esposos, como se em um trono assentados, e ao derredor uns pajens mortos iam debruçando ao longo da mureta circular, como se camarões foram, o que irresistivelmente nos recorda os coquetéis chamados, quando se dispõem de igual modo esses crustáceos sobre a borda de uma taça, ou molheira. E ante os mortos esposos se iam curvando em fingidas reverências e zumbaias, homenagem de que muito se riam, chamando-lhes "majestades" e "el-Rey" e "Senhora Rainha", e com uma cana lhes batiam, e até coroas, de improviso, de uns restos de metal que por ali rolavam acharam de fazer-lhes, e lançaram-lhes à cabeça; com o que, julgando diminuí-los, infinitamente os honravam, ao lançar mão, sem nisto atentarem, daqueles mesmos instrumentos pelos quais, em sua Paixão, foi nosso Salvador escarnecido.

Mais que todos, de gozo enchia-se o alcagüete. Ora se felicitava, esfregando as mãos, pelo bom êxito de sua empresa, nefanda transação que fora, entre vermes e feras concertada, sendo ele, sobretudo, verme, e carniceiras feras aqueles potentados e prepostos que à Senhora temiam, ou achavam, ao menos, de bom aviso esmagar; ora agitava-se o velho em impulsos de orgulho e engrandecimento próprio, ao ver destruídos, por obra sua, aqueles, justamente, que escarmentado o tinham, tendo-se ele feito, por isto mesmo, arteiro, como lá diz o provérbio e já o dissemos nós.

E súbito, em auge histérico, ou ápice de auto-adoração, quis o velho pegar de um machado e partir em dois o corpo ao Mouro, para o que de forças e azado jeito carecia, mas aos infames que o secundavam muito lhes aprazera a idéia, ou vá lá, aprouvera, e dextramente a executaram. De alto a baixo, em duas idênticas metades dividiram o corpo ao filho, quiçá, de reis, enternecido sonho da Senhora, e ainda para sempre apartadas ficavam suas duas traseiras estimações. Com o que se regozijou, e como! o tatuado, por transparentes razões, e saboreando a mais perfeita das vinganças, já que não eram agora suas nádegas as mais lamentáveis do universo.

E também contra a Senhora deram-se a profanação igual, e vinde, acorrei a ver a doce fidalguinha, a modo de aipos ou cenoura, verticalmente partida, e eviscerada quem em tal recato se guardava, nas íntimas naturalidades, que só por um mesmo e alheado pajem alguma vez permitiu tocar-se.

Em sua exultação, nem assim descuidava o traiçoeiro velho

de alguma minúcia pela qual se pudera perder, desgostando tão altos patrões como os seus eram, e punha-se rapidamente a calcular e supor, com afinco e excitado olhar, por aqui e ali vagava, sem achar pouso. Cada canto esquadrinhava do miudinho fortim, e viam-no levantar tampas e alçapões, virar os pobrezinhos catres, que cama lhes eram, aos da Senhora, e por dentro de armários, com muito zelo, procurar. Não, nada achou, e inquieta-se mais ainda, afinal, reúne-se aos principais dos assaltantes e parece que vão abandonar o edifício.

Vão, mas ajuntam quanta matéria se possa queimar, neste fortim, antes de, uma vez por todas, deixá-lo. Em torno aos mártires, fora da manjedoura, vai-se elevando um grande círculo de paus e armações, galhos, panos, e já, crepitante, uma roda de fogo envolve os mortos, para logo escondê-los atrás de misericordiosas labaredas, e a muralha de chamas alarga-se e a tudo devora.

Lá em cima, na serra, se vos lembrais, colonos espreitam — são todos os habitantes do vilarejo — e avistam os grossos rolos de fumo, e, logo, os bandidos a avançar, não em direção ao Povoado, mas ao telheiro, a ferraria antiga do Mouro. Não podiam distinguir aquilo que, mais perto olhassem, os havia de estarrecer: o aguadeiro deles conhecido a dar ordens e guiar os invasores, e a ferraria e todos os matos circunstantes devassarem, como bons batedores — à cata de quê?

Nós não sabemos, mas quem proíbe supor: à cata de um herdeiro real!

Vagidos ouviram-se, parece, e macho e fêmea eram os esposos, sadios por constituição e compleição, nada está a nos empecer, portanto, em nossa idéia, a que muito nos atemos, e com tudo na parte segunda deste livro haveis de atinar.

Fato é que, se herdeiro houvesse, não haviam de admitir, aqueles que já agora não herdariam, o risco de crescer e criar-se. E assim queremos entender aquela inexplicável surtida ao telheiro, pois, se infante algum junto à Senhora se achara, onde mais o teriam oculto, senão na paterna ferraria? E por isto a vasculhavam, e ao seu redor.

Pois nada encontraram, nem inocente algum se sacrificou. Contentaram-se com tocar fogo, estultos, pobres pirômanos, e às suas naus retornaram, nem haviam de ver-se nunca mais.

XXXII

CRIME E CASTIGO

Não os veremos, estes bandidos, não, nunca mais, uma vez que se dispersaram por mil lugares de origem, onde eram suas andanças e residências, das quais, a chamado de poderosos, saíram um dia, e congregaram-se, como supostos corsários, a participar de bem urdida trama.

Pois conspiraram tais poderosos contra a fidalga e seu Pretendente, desde que certo velho alcagüete os alcagüetara. E mandaram recrutar por todo o Reino, e também por Espanha, quantos patifes se puderam achar dispostos a fingir modos e costumes de corsários. Porquanto não podiam expor-se, aqueles donos do mundo, à fama e infâmia de assassinar parentes (que uma família, só, eram, todos aqueles grandes, ou assim se consideravam, para unidos melhor vencerem os pequenos), e ficaria a culpa aos corsários, que têm as costas largas.

Caçaram e mataram, já os deveis adivinhar, ao Governador-Geral, e não teriam logrado vencê-lo, claro está, se bem disfarçadamente, na frota, mesmo, que o levava não houveram acomodado traidores e espiões. E para sempre se pensou que estrangeiros corsários o tiveram e destruíram — são assim os livros de História.

E então passaram à Senhora e seu Mouro, sendo que, para os facínoras que se contrataram, expressamente foi dito que se apartassem do povoado e seus moradores colonos, de modo a não se deixarem conhecer como sujeitos d'el-Rei (que dificilmente corsários seriam) e assim ao acordado obedeceram, efetivamente a todos iludindo.

Foram pagos, enfim, e recompensados, até com honrarias, (vede o mundo qual é e como!) os travestidos corsários; e de malfeitores simples passaram a malfeitores honrados, e lá ficavam mortos os pobres Pretendentes, que mal chegavam a sê-lo.

Mas não se achara herdeiro algum, e já por motivo tamanho haveria alguém de sair castigado.

Ora bem diz o ditado: Ama el-Rei a traição; ao traidor, não. Pois ninguém como aquele velho traidor parecia indicado a castigar-se, considerando ainda que permanentemente incitava, mesmo em o não querendo, à violência e ao nojo quem lá com ele andasse. Resolveram-se, pois, a castigá-lo os grandes com quem tratara, na verdade antes mesmo de cometer-se o empreendimento, pois vinham os principais dos invasores instruídos desde o Reino a dar-lhe fim, ao alcagüete, tão logo, consumada a invasão, para mais nada lhes servisse.

Já agora nada lhes servia, e nem assim andava o velho menos confiado e arrogante. Muito ao contrário, protestava, e bem alto, que haviam sido todos pagos daquela empreitada, menos ele, a quem a parte maior do êxito se devia; e que muito maior havia de ser-lhe o pago, ou bem saberia agora o que denunciar, e a quem.

Ora, muito de estudo haviam-lhe atrasado a recompensa, para que tais palavras e outras fosse lançando ao vento, e deste modo se perdesse. Juraram-lhe então que ia ser pago, e em moedas de prata e ouro, das maiores que se usavam no Reino e alhures, do que o velho se agradou, e mais confiado ainda se fez, nem el-Rei parecia tão triunfante quanto esse mísero ao avistar o saco de moedas que lhe traziam.

Moedas de prata e ouro de fato eram, e grandes, muito grandes, das maiores que já se viram. E começava o pagador a pagar, mas, ao contá-las — "uma, lá vai", "e mais uma, duas vão..." — tinham outros ao velho fortemente agarrado pelas costas, e torciam-lhe os braços até arrebentá-los de dor, fraturando-os, e um dos malfeitores abria-lhe com violência a boca, por onde, garganta abaixo, iam enfiando as moedas — "e mais uma: três..." "e lá vão quatro, dez..." — já ao fim, quase todas lhe haviam entornado pela goela, mas não todas, pois, ó maravilha, apenas trinta delas, exatamente, lhe haviam cabido no bucho, e era o preço de Nosso Senhor, a conta mesma de Judas, como a assinalar o horror da traição a que se dera o velho.

"Ora enganados estamos!" exclamou de repente o pagador, quando a última das moedas, a trigésima, acabava de empurrar com um pau, pois entalara-se na garganta, e o desgraçado alcagüete, apoplético, tentava desesperadamente algum ar sorver. Não o permitia a escancarada boca, cheia de sangue e vômito como se achava, e o velho, tendo-se feito azul, começava a morrer.

"Mas enganados estamos", repetia o carrasco, implacável. "Havíamos de dar-lhe só de ouro, estas moedas, e lá foram outras misturadas, e por ouro algumas de prata engoliu!"

"E não haveis de trocá-las?", perguntava a turba em volta, entontecida, diríamos, ou em delírio, tal era seu gozo e gargalhar.

Só isto aguardava o torturador facínora para, meticulosamente, pôr-se a estripar o velho, alegando que era para trocar-lhe as moedas que já agora o recheavam; e, primeiro fincando-lhe a ponta de afiadíssimo facão, para inicial orifício, logo rasgou-o de alto a baixo, e às tripas, que iam de dentro saltando, espalhava em todas as direções, aos olhos da própria vítima agonizante, formando imenso aranhol, no qual até mesmo a cabeça se amarrara e escondera, pois com laços intestinais haviam rodeado o pescoço ao velho, e morria, vamos dizê-lo, enredado em fezes, ainda que embutidas, como a significar que eram suas manhas e maldades que enredado o tinham — e o levaram a morrer.

Sem falta cremos, para os castigadores há de ter sido castigo reaver as moedas, já que com os próprios dedos haveriam de extraí-las do asqueroso estômago, e pô-las de novo a brilhar. São ossos, estes, do ofício carrásquico. Não é nosso, não nos apraz, nem a vós outros, e vamos às conclusões.

Imundo e nojento como ia o cadáver, embarcando-se para o Inferno, não se apercebeu ninguém na praia que, embora para o dono lamentáveis, eram obra primorosa suas nádegas. E arte sem preço eram, porque a nada se comparava o engenho e singular fantasia que aplicavam, em seu tempo, os do fortim, aos lavores de tatuagem. Não procurou ninguém salvá-las. Perderam-se aquelas nádegas, como se haviam perdido as do Mouro, deixando o mundo mais triste, ou então perfeitamente indiferente, ficando tudo a depender da cultura e sensibilidade de cada um.

XXXIII

ÚLTIMO CAPÍTULO. JUSTIFICA-SE A PROVIDÊNCIA DIVINA

Aos moradores do Povoado, que lhes aconteceu, ao longo de tantos sucessos que vimos desfiando?

Haveis de lembrar os fumos e certas palavras em latim, que todos viram, lá acima, pelas serras (mas ninguém cá embaixo na praia, onde só uns fumos simples, sem letras nem mensagens do Céu apareceram).

E bem vos lembrais, estou seguro, que aos colonos deixamos em místico transporte, contemplando o Céu e Santa Apolônia, que para extraordinária circunstância se preparava, e íamos dizer ocasião, erradamente, pois não há de haver ocasião onde tempo não há; e a Santa aos colonos se mostrava, em cabelos como que de bronze, faiscante jóia.

Pois agora lá havemos de voltar, ao Céu, onde cessam os males, resplende a justiça e toda lágrima se enxuga.

Ali, vede, abre-se o espaço; em um átimo, como nos filmes, lá estão a Senhora e o Mouro, contentes e emocionados, por Deus mesmo recebidos, e os santos e os anjos, parentes e amigos, nesta ordem; mas curiosamente parecem conhecer-se todos, e de longa data, não se percebendo muito quem é quem, de tal maneira os espíritos se compreendem e interpenetram. E já é isto diferente um pouco daquele Céu — barroco, digamos — que aos videntes até agora se exibia, e que mais parecença tem com os Céus que nas igrejas se pintam, ou pintavam.

Mais havia de transformar-se a visão dos colonos, pois, como um pano de boca se levanta, e logo outros panos, no teatro, de repente recolheu-se ali o próprio cenário, tornando-se pano ou papel todos os personagens, Deus inclusive, e nada mais os colonos viam. Mas sentiram. Sentiram, ao contemplar o céu real, natural, azul e com nuvens, a felicidade infinita de viver — e também, por que não, de morrer — e uma satisfação tão simples e honesta, não se sabe de que, ou antes uma satisfação por todas as coisas existirem, que esta paz imensa, enchendo-lhes o coração, já os fazia esquecer o céu de fancaria, aquela visão que se interrompera, neste feliz intermezzo, aliás melhor que a própria peça encenada.

Sim, porque, por um momento, para os colonos, cai a máscara que vem da fantasia deles mesmos, como que se despindo a substância do véu de acidentes que a escondia ou, então, como se próximos ficassem do procurado noumenon, e, por um pouco, algo de superior chegam a pressentir, que não cabe naquele Céu a que estão afeitos e que o barroco transcende e chavões itálicos, e aponta para o infinito.

Mas dura isto um nada, e já nem se lembram, porque só em lampejos se mostra a verdade aos mortais.

Voltemos.

Entrava a Senhora na eternidade, e não há clarins no Céu (bem que os vejamos às mãos dos anjos, nas igrejas pintados, mas isto são as igrejas). Não há, e lástima é. Pois merecia a Fidalga a mais pura e solene acolhida, e tal sem clarins não se faz, e cristalinos sons. Mas muito mais alta coisa, e maravilha que não adivinháveis vai agora passar-se, e chegamos ao momento culminante desta história.

E é que nosso Mouro e a Senhora, não como o ferreiro e a duquesa reconhecidos eram, no Céu. E o mesmo rito usando com que reinantes soberanos se acolhem, assim os acolheram — porque eram, efetivamente, Reis de Portugal! Porque do Mal não persiste no Paraíso parte alguma, e deveras se apaga de todo presente, passado, e até futuro. E daí resplende a justiça, e não vale no Céu o que foi, mas o que houvera de ser, se não o obstara o demônio, ou o humano alvitre, e tudo que vontade de Deus não seja. E daí que, no seio da Inteligência Divina, abatera-se o poder de Espanha, sacudira-se o estrangeiro jugo, e realmente era o ferreiro príncipe, e se restaurara o trono de Sebastião! E jamais no Céu se ouve falar de nosso terreno pesadelo, e nem corsários, nem alcagüetes, nem Domínio Espanhol ou Santo Ofício — porque não existiram nunca! E reinaram a gentil fidalga e seu Mouro um longo reino, sobre um povo leal e operoso, e em pura felicidade se consumaram seus dias. E lá no Céu, onde estão, vivem ainda felizes e, literalmente, para sempre.

Acaso estais a duvidar que para o Céu não tenha existido nunca o Mal? E que é lá a História bem diferente coisa da que conhecemos (posto que um pouco lembre a que nos colégios se ensina, e que já vem, igualmente, de todo mal expurgada)?

Não sabíeis, então, a peculiar maneira como no Céu se corrigem erros, injustiças? Ora, não sabeis que quer dizer o Céu...

Julgai, pois, por vós mesmos, e com vossa terrena Razão. Filosofai, filosofai, e tudo compreendereis.

Sabeis que maldades no Céu não vicejam, por só se querer ali o que querer se deve. E que lá se descobrem todos os erros, e se corrigem as injustiças realmente todas, e exceção alguma pode haver.

Pois acaso justo seria, *primo*, ao injusto que de seu malfeito já fruiu, apenas e puramente castigá-lo, se continua ele a fruir da satisfação com o mal que fez, e do êxito que teve? *Secundo*: quem, contra toda justiça, padeceu, que prêmio lhe há de valer, se fica a realidade da passada dor a atormentá-lo, e a quebrar a harmonia de uma felicidade sem fim, que sem exceções quer dizer?

Força é, portanto, admitir: há de fazer a onipotência de Deus que não tenha existido nunca o Mal que existiu, e só assim ficará todo este Mal sanado, justificada a Providência Divina e glorificados os mártires.

E estes mártires, justamente, perguntareis, que do seu martírio tantas ferramentas levam nas mãos, e sinais ao corpo todo, no Céu — e as cabeças separadas, os instrumentos agudos de tortura, os santos intestinos? Pois não está aí, bem viva, a lembrança do Mal?

Eu vos diria que sim, e que não. Pois para nós, terrenos, só para nós têm estes sinais o sentido que lhes damos. E assim apareceram, Fidalga e Mouro, aos videntes, de alto a baixo marcados por leve cicatriz, a lembrar como por criminosas mãos foram fendidos. Mas tais coisas provê Deus para externo uso, vamos dizer, e de ilusão não passam, pois vêm a nós, mortais, endereçadas, que em ilusão vivemos.

Sim, em ilusão vivemos.

Pois, se deveras deixa o Mal de ter existido para os do Paraíso, decerto só aqui, na Terra, pode deixar de ter existido, pois na Terra, só aqui, existiu, e toda operação nulificadora aqui se passa e tem passado, já não no Céu, onde não existiu nunca nenhum mal. E é operação divina misteriosa (esta que todo mal apaga, não anulado sendo, mas nulo, como bem distinguem jurisconsultos) e a brutas mentes inacessível, como as nossas, e que só por figura ou parábolas havemos de conhecer.

E se na Terra — concluímos — faz Deus que o Mal não tenha existido nunca, então é todo Mal que vemos, e vivemos, ilusão, e só aparência, é este nosso terreno sonho, ou pesadelo; só real é o Bem, ou Céu chamado, que por detrás desta ilusão se alça, e subsiste. E assim seja. Glória a Deus.

───

 E foi esta, parece, a visão que puderam desfrutar do Céu os colonos daquele Povoado, bem que nada soubessem por modo claro explicar, e ficou-lhes tudo confusamente guardado no coração. E descendo a serra, de volta à casa, como que um vago sentimento de bem-aventurança assim mesmo os acompanhava; e pouco falavam, e tornaram às suas canas e pomares europeus, e, mais um pouco, olvidado ficava quanto naqueles dias se passou.
 Enterraram-se, por certo, os mortos todos do fortim — enquanto memória havia deles, se tiveram por santos e milagreiros — mas é efêmera a memória em certos Povoados. E nos povos, nações, e entre os homens todos. Hoje, do próprio Povoado não achareis mais traço, no chão de areia, ali onde eram ruelas, casinholas. E só muito dificilmente o encontrareis nas crônicas — são areias movediças, que a tudo engolem, as páginas da História, se tudo ali parece afinal sumir-se. Entretanto, em Deus confiemos, *qui vivit ad aeternum*, não passará.

HIC EXIMUS.
FIM DESTE LIVRO,
OU DE SUA PRIMEIRA PARTE,
TUDO DEPENDENDO DE DEUS.

Este livro foi composto na tipologia Minion,
em corpo 11/15, e impresso em papel
Chamois Fine 80g/m² no Sistema Cameron
da Divisão Gráfica da Distribuidora Record.

Seja um Leitor Preferencial Record
e receba informações sobre nossos lançamentos.
Escreva para
**RP Record
Caixa Postal 23.052
Rio de Janeiro, RJ – CEP 20922-970**
dando seu nome e endereço
e tenha acesso a nossas ofertas especiais.

Válido somente no Brasil.

Ou visite a nossa *home page*:
http://www.record.com.br